O —

**editora Urutau**

rua do cajú, 478,
jardim das cerejeiras
06724-015
cotia-sp (brasil)

avenida peirao besada, 6 - 2D
36163 poio-pontevedra
(espanha)

[+34] 644 951 354 [espanha]
[+55] 11 9 4859 2 426 [brasil]

www.editoraurutau.com.br
contato@editoraurutau.com.br

[EDITORES]
tiago fabris rendelli & wladimir vaz
[COORDENAÇÃO DE REVISÃO]
debora ribeiro rendelli
[REVISÃO]
marcella sarubi
[DIAGRAMAÇÃO]
victor h. azevedo
[CAPA]
colagem de victor h. azevedo



**dados internacionais de catalogação na publicação (CIP) de acordo com ISBD**

araújo, gustavo
A663t transpasse, ó céus / gustavo araújo. — cotia : urutau, 2022. 252 p. ;
14cm x 22cm.

ISBN 978-65-5900-288-7

1. literatura brasileira. 2. prosa. I. título.

2022-1723 CDD 869.8992
CDU 821.134.3(81)

elaborado por odilio hilario moreira junior - CRB-8/9949

# TRANSPASSE, Ó CÉUS

GUSTAVO ARAÚJO

[primeira edição]
URUTAU
junho de 2022

sumário

# PRENÚNCIO

Caiu a noite há pouco, e o longo período de escuridão que flerta anos a fio sorri. O bom senso de humanidade faria optar por outro momento, mas o fim do mundo, como sempre, resolveu justamente contrariar previsões e escolheu o encerrar do dia de uma sexta-feira. Começa assim, além de um céu silencioso e sem estrelas, um aglomerado de bruma se forma com a condensação do ar. Em seguida vem o tipo de gotejar preguiçoso do qual cada pingo cai num longo intervalo de tempo. Não há ventania, terremotos, destruição em massa, música velha e triste tocando, nem nada. Tudo não passa de um tédio que corrói pouco a pouco até já não existir mais vida, até que, simplesmente, acaba.

Já se foram muitos os fins de mundo e ainda permanecemos aqui. Não por teimosia, uma vez que a tendência de nossos caprichos é desmantelar o que conhecemos. Talvez seja pela necessidade de ter alguém pra velar e enterrar o corpo. Ou porque, se ninguém ficar e sentir pela perda, não há morte. Aí não existiria final algum. Enquanto isso, nós continuamos a seguir como coveiros, enterrando nosso passado até que haja um voluntário a deixar seu cadáver apodrecendo em qualquer vala por aí.

# ACHAM-SE ORELHAS, OUVIDOS

# 1

Se mais alguém estiver prestando atenção vai dizer que não tem aqui muito espaço para lamentações. Mesmo neste vasto gramado onde sapatos carcomidos amassam lama viscosa. Não muito longe dos muros que nos cercam há gente se esfregando a cada viela. Afinal, é o primeiro dia de Carnaval e não é aconselhável morrer durante época de festas prolongadas. É quando o defunto deixa de ser um incômodo maior apenas aos seus mais próximos. Ninguém quer estar ao lado nessa ocasião. O abraço de pêsame se torna vil, é ausência se entrelaçando com o vazio. E aqui, justamente aqui, um grupo de semiconhecidos se dissipa pelo término do funeral de seu Martinho.

Entre a quietude das despedidas que restam, além das marchinhas dos trios elétricos de fundo, ouvem-se os resmungos enfurecidos de uma senhora coberta de trajes escuros e véu negro-envelhecido a esconder o rosto. São reclamações sobre o respeito aos antigos costumes de luto. Ela se refere à parcela quase unânime das vestimentas sortidas aqui presentes, as únicas cores a dar vida nesse ambiente de morte. O que talvez não saiba é que, na verdade, o motivo principal da viúva estar vestida de acordo com os conceitos tradicionais que ela prega (ambas mal devem saber o nome uma da outra) é que aquela mulher não possui trajes de tonalidades quentes. Seu finado marido repudiava vestuário que salientasse a cintura e coxas da esposa e, pra ele, roupas coloridas significavam o mesmo que justas. Nas palavras do homem, roupa colorida é roupa de puta. Durante os quase quinze anos de casamento, dona Álvara pareceu nunca se incomodar com tal fato. Assim como seu Martinho, cresceu em meio a uma família de criação rigorosa. Nunca o vi impor limites sobre a esposa, talvez estivesse repetindo o que ouviu em casa, arrastando o mau hábito de geração em geração. Acredito que ela somente prosseguiu com a corrente de crenças com naturalidade e sem questioná-las. Mas agora tudo é diferente.

Não há mais costumes a seguir.

Nem tem a quem desrespeitar.

Dona Álvara está totalmente por conta própria pela primeira vez em sua vida.

Aos poucos, as condolências se esgotam definitivamente. Entre o céu pardacento da tarde e o barro escurecido, restam apenas a pobre viúva e seu guarda-chuva preto-metal-granulado. Um completo borrão numa tela. Afastado, a observo em uma compostura pesarosa, e agora não há mais jeito: precisa ir pra casa e encarar, novamente, a volta à realidade em perder um marido.

# 2

A ideia nunca foi ficar. A estação Passa Três era somente um ponto de parada. O ir e vir deveria ter sido infindável, só que a praga humana não se contenta apenas em nascer como se perpetua e se recosta debaixo da primeira sombra que encontra.

Lá, do finzinho de mil e oitocentos, muita coisa mudou.

Antes aconchegado pela área rural da Serra de São Francisco, Almirante Castros ficou cada vez mais sufocado pela ampla expansão da chegada de novos moradores. De pouco em pouco novos bairros nasceram ao seu redor para cercar ainda mais o que eram apenas uma fazenda e uma estação ferroviária. Construíram-se estradas, acabaram-se os trens, e ninguém foi embora. Virou distrito. Desvirou pra se tornar bairro da cidade que o acolhe e o povo se multiplicou. No final desse século ele ainda vai ser outra coisa. Tudo isso numa completa calmaria. A pacata rotina só é quebrada pela avenida Bandeirantes, que corta a vila ao meio, construída especialmente para idas e vindas entre as cidades vizinhas. Mas, novamente com a intenção de ser apenas passagem, virou lar, e por mais que ainda esteja crescendo, a ideia permanece a mesma em uníssono: não ficar. Nessas de ser breve, fincamos raízes e logo chega outro esperando a sombra aparecer.

O primeiro morador dessas terras, ex-dono da fazenda desmembrada e que carrega o nome do bairro, ironicamente também estreou a debandada. E pagou caro pela proeza.

Fruto da junção entre as famílias importantes Castro portuguesa e Castro brasileira, recebeu o sobrenome de Castros como honra à nova linhagem. Depois dizem que pobre é que usa o plural errado.

Apesar da patente militar mais alta com a qual se apresentava, era ainda um jovem subalterno, um recém-graduado na marinha. O sonho de ser almirante, comandar os mares, morreu na aspiração ao conhecer uma nobre italiana. Fugiu, mas se afogou. Dizem que antes sofreu muito pela cólera que contraiu no navio. A vida se vinga das nossas imprudências, mesmo pais, mesmo filhos. O orgulho foi enterrado no bairro e fecundou covardias frutíferas. Desde então, seguimos vivendo os sonhos uns dos outros. No fim das contas hoje é meu tio Gerônimo quem comanda os mares na pescaria vespertina no Porto de Santos. Casou-se com neta de italianos. Ah, e está vivão.

Meus pais, que Deus os tenha, reforçavam a ideia de ir morar na cidade grande, mesmo sendo poucos quilômetros daqui. Eu ainda era pequeno e achava isso incrível. Na primeira oportunidade, ao conhecer, eu já quis voltar. Prédios. Cimento por todos os lados. Calor e claridade. Nenhuma árvore pra trepar, não contando aquelas magrelas que não suportam peso. Criança nenhuma quer crescer em lugar assim. Era sonho dos pais, terra das oportunidades. Quando os ventos melhoraram e a coisa da feira de rua engrenou, compraram o terreno ao lado e construíram. Paredes de taipa de pilão e janelas cedro escuro, igual a toda casa da época. Alugaram pra uns primos de segundo grau que vieram de Minas, mas era onde eu iria morar no futuro, falavam. Estão certos até hoje. Envelheci, o sonho dos meus pais em se mandar daqui se tornou o meu, e desde então comprei mais dois terrenos no bairro. Construí com tijolos e ferro (como a maioria daqui hoje em dia), e as alugo. Algum dia meus filhos irão morar nelas.

Nessa fenda temporal que se tornou Almirante Castros, mesmo com a expansão de moradores, noto que o patrimônio cultural de cidades interioranas em nada mudou: nós ainda cuidamos uns dos outros. A Terezinha da rua de cima anda meio adoentada. Já a Terezinha do sacolão adotou um quinto gato desde que se separou. A Elsa está brigada com as duas e já nem me lembro o porquê.

A Inácia é quem costuma nos informar sobre essas coisas, foi por meio dela que fiquei sabendo de seu Martinho, e é sentado na calçada debaixo de uma sombra que vejo sua esposa dona Álvara descer do ônibus na Bandeirantes.

* * *

Odeio quando mamãe me obriga a brincar de vigia. Ela me faz deitar entre as moitas do pequeno morro, pouco antes do início da mata virgem que fica nos fundos da nossa vila. Quando era menor até gostava. Eu me adentro em pontos estratégicos e ninguém me vê. Ninguém. Posso ficar invisível. Só que tem dias em que eu estou com os meninos da rua, geralmente com Bá, o mudinho, e o Lucas, e mamãe me faz parar de jogar peteca, rodar pião, bater bafo pra entrar nessa brincadeira estúpida. Só percebi o que ela queria de verdade quando ouvi dona Elsa gritar pra ela parar de focinhar a vida dos outros. Hoje o alvo de mamãe é a esposa de seu Martinho, que vem lá, subindo devagarzinho a Ladeira do Penteado, que liga a rua de nossas casas.

Fiquei sabendo que enviuvou ontem. Gostava dele, mesmo sendo turrão de vez em quando. Teve uma vez em que minha bola de capotão foi parar na janela dele, o vidro quebrou. Com o grito de susto de dona Álvara, eu logo corri pra minha casa. Passei o dia todo escondido dentro do quarto. Certamente mamãe iria me dar uma coça. Anoiteceu e nada. Na manhã seguinte, antes de eu ir pra escola, vi a redondinha descansando no gramado da frente. Estava toda limpinha. Eles a deixaram lá e nunca contaram o que aconteceu.

Agora a mesma vizinha está de frente para aquela casa, paralisada e ofegante. Sente um desconforto no rosto, tapando os olhos com uma das mãos. É um fraco raio de luz. Vira o rosto, tenta admirar por um instante o restinho de pôr do sol brilhando entre as nuvens pesadas. Em seguida, desarma o guarda-chuva e o repousa na parede da entrada. Os leves rastros de claridade estão estampados sobre a madeira da porta. Gira a maçaneta até o fim sem nenhuma pressa e só então a empurra, permitindo unicamente uma frestinha aberta. Está deixando a luz entrar primeiro. Ao ajeitar os velhos ossos das costas com as mãos, bota os pés pra dentro.

* * *

Enxáguo as xícaras do café da tarde. Pela janela da cozinha eu vejo Mateus detrás de um bolo emaranhado de capim-da-roça, se remexendo mais que uma presa desorientada prestes a ser devorada. Abandono o restante da louça, saio secando as mãos encharcadas de sabão na barra do avental e silvando diferentes formas de castigos praquele moleque que nunca se esconde direito. Mal piso na rua e meu filho aponta o dedo para a casa de Álvara.

Ela chegou.

Moro à sua esquerda, e só não somos vizinhas de orelha a orelha porque a casa dela é uma ilha jogada na secura do terreno, sem portão ou cerca, segurança zero. Minha parede dá para um pequeno galinheiro e, mais ao fundo, um barraco de madeira onde Martinho guardava ferramentas. Na ponta dos pés, invado seu espaço fingindo interesse nos ovos das galinhas. Sem sinal de ser descoberta, sigo pela lateral onde fica a janela da sala, bloqueada por claras cortinas de cor creme-vejo-tudo-aí-dentro. Segurança menos um.

Com poucos móveis, a casa se destaca pelo ar antiquado e cheiro de naftalina. As paredes de tons pálidos revelam que não são pintadas há anos. Não é pra menos, tudo o que tem aí está arrumado da mesma forma desde o primeiro casamento de Martinho. Inclusive, permanece pendurado o retrato pintado em moldura oval dele com sua antiga esposa.

Álvara se senta por um instante, julgo estar exausta. Mesmo com uma ótima saúde pra quem vai completar setenta anos, já não tem o pique de uma jovenzinha. Com um certo apresso, junta os sapatos ao pé do sofá e se permite recostar. Tão logo ao se esparramar sobre o estofado, ela corrige as costas, impecavelmente. Eu me sinto apreensiva por ter percebido minha presença, não viu. Foi um espasmo involuntário para não ser vista perder a postura ereta e esnobe com a qual está acostumada. No entanto está só, não precisa mais apresentar uma imagem impecável dentro de casa, não há alguém aí pra manter e conservar essa falsa impressão.

A mais nova recém-viúva de Almirante Castros é dessas que finge ser alguém que não é, criou entre a vizinhança uma imagem de mulher pura e intocada. Adoram dizer que Álvara busca a perfeição, se tornar a melhor pessoa que é capaz de ser, principalmente quando se trata de seu marido — ex-marido. A mim ela não engana. Persiste em manter a reputação de ser agradável a todo momento, ninguém é assim por inteiro. Essa mulher esconde um passado sujo, imundo. Nem passa pela sua cabeça que sei dos seus diversos encontros com Martinho enquanto ele ainda era casado com a Vânia. Minha pobre amiga. Nunca tive coragem de contar sobre essas traições. Se Álvara fosse completamente apaixonada por Martinho, ainda vá, mas já me avisaram que ela não derramou uma única lágrima no velório e no enterro.

Logo após o impulso de se corrigir, Álvara levanta e se dirige ao quarto. Posiciono a palma da mão à frente e escorro pelo amurado, acompanhando seus movimentos até a próxima janela. Não há cortinas, outro ponto a menos pra segurança.

Em frente ao espelho, ao lado da cama, os dedos passam com suavidade sobre os grandes botões do longo e aveludado vestido azul-escuro-do-tom-que-imagino-ser-o-mar-negro-porque-é-impossível-ser-mesmo-negro-né. Com a peça entreaberta na frente, se vê com melancolia e desfaz o coque perfeitamente penteado. Ao soltar os cabelos (nossa, como estão compridos), Álvara retira e carrega o traje com delicadeza, põe sobre o colchão. Permanece se encarando, vestindo somente sutiã e calcinha. De semblante caído, repara bem em todas as ondulações da pele, do corpo quase esquelético. Devido à sua altura, ela mal consegue se enxergar inteira dentro do espelho vertical, fixado entre poucos centímetros acima do chão e do baixo forro do teto.

Constrangida consigo mesma, rapidamente procura a camisola no guarda-roupa.

# 3

— *Julieta-tá, tá me chamando. Julieta-tá, tá me...*

— Já ouvi, lasqueira — grito do quarto.

Todo dia a mesma coisa: batem aí em frente e meus pirralhos fazem coro dessa musiquinha imbecil pra me avisar e atender a porta. Julieta-tá, tá me chamando, continuam, vou dar uma coça em vocês, pestes, retruco ao passar pela sala. Gargalham. Seu Ademar está em frente ao jardinzinho da entrada, a perua velha parada na rua ainda com o som ligado, anunciando os produtos de limpeza. Carrega uma garrafa de Coca, mas cheia de um líquido azul-radioativo.

— O que é?

— Seu sabão líquido de anis-estrelado, dona Julieta.

— Eu pedi esse troço aí?

— Todo dia desde mil novecentos e alguma coisa que já esqueci, aprendi a receita, ficou cheirozão e afofa as mãos, seu homem vai adorar.

Na rua, um Palio atulhado de pacotes com a porta aberta do bagageiro e o volume ao máximo de uma voz feminina, chorosa e resfriada, brada:

— Venha, meu senhor, venha, minha senhora, lençol de casal direto da fábrica, três por vinte.

— Vai um lençol hoje, dona Julieta? — grita o homem de dentro do carro.

Vira na esquina abaixo uma Fiorino com o para-choque detonado, dos alto-falantes vem a cantoria "chuva traga o meu benzinho, pois preciso de carinho", para em frente:

— Vai um churros pra esquentar essa manhã não muito fria, dona Julieta? — grita o filho do seu Chico do Churros.

— Tempinho de chuva, gostoso, cai bem.

Logo atrás, lá da janela da sala, os dois moleques erguem a voz entre risadinhas:

— *Julieta-tá, tá me chamando, Julietá-tá, tá me chamando.*

— Bairro maldito — resmungo.

* * *

Aperto a campainha e espero. De frente para a casa, eu ouço o leve toque de piano de "Pela luz dos olhos teus", melodia que divide espaço com a insistente garoa fina que chega ao chão. Em poucos segundos, o volume da vitrola diminui, o chuvisqueiro ressoa livre. A porta abre e me deparo com o doce sorriso de dona Álvara. Aceno para tia Elsa, que está afastada, fumando. Debaixo da calha do telhado, abrigando mais o cigarro na mão do que a si mesma, dá uma última baforada e lança a bituca no magrinho fio de água que escoa para a guia.

— Conseguiu dormir?

A pergunta sai dos lábios da tia numa ranhura acompanhada de uma tossida rala. Antes mesmo de ouvir alguma resposta, entra e eu sigo logo atrás. Dona Álvara carrega uma jarra cheia de leite nas mãos. Ao encostar a porta de volta, ainda sorrindo, balança a cabeça em concordância. Acredito não ter pregado os olhos nem por cinco minutos.

— Então vai ver que essas olheiras aí são da idade mesmo — tia Elsa conclui.

No alto de seus noventa anos, a tia fez fama tanto no bairro como nos arredores. É do tipo que não se esquece e que poucos gostam. Ao longo do tempo, pelos inúmeros atritos com a maioria dos vizinhos, as pessoas evitam qualquer tipo de contato. As inimizades se espalham para além de Almirante Castros, vão para onde minha vista não alcança. Instaurou-se um motim vindo dos quitandeiros e vendedores de bijus (ela adora esses canudos adocicados), ocasionado após suas ferrenhas críticas quanto à qualidade dos produtos. Recusaram vendas diretas para ela, obrigando-a a recorrer a mim ou aos mercadores que vêm de fora, que pouco a pouco também são repelidos devido ao seu mau humor habitual.

— Ainda não trocou a borracha do Bostão?

A entonação vem ao notar a geladeira aberta. No dia em que se conheceram, depois de seu Martinho e dona Álvara assinarem os papéis de casamento no cartório, a tia apelidou a geladeira da nova amiga devido à cor marrom-cocô-mole do eletrodoméstico, palavras dela.

— Deixe esse troção afundar pelo vaso e compre outra geladeira, uma branca-de-gente-que-não-guarda-sucata dessa vez. — Solta uma gargalhada abafada e o mau cheiro de nicotina se alastra pela cozinha. Encabulada, dona Álvara se senta à mesa. Minha velha tia não costuma filtrar as palavras.

— Tava pensando aqui, você vai continuar com esse horrível trava-línguas no nome?

Não costuma filtrar mesmo.

— A senhora acha que eu deveria voltar ao nome de solteira?

— Ficaria menos pior não herdar essa merda.

Não é a primeira vez que dona Álvara escuta algo assim, seu nome já soou implicâncias outras vezes. Álvara de Lara Prata Braga. Apesar do conjunto, a aversão prevalecia sobre o primeiro, uma homenagem ao avô, Álvaro. Mas o incômodo nada tinha a ver com isso. No interior onde cresceu, ninguém conseguia chamá-la de forma correta. Inclusive seus pais. Era sempre "Álvra" pra lá e pra cá, sem o a depois do vê. Para ela, o som mais parecia um grunhido monossílabo ou algo semelhante a um coaxar cansado, um tom que não passa da goela. E em nada ajudava o restante, o que piorou ao se casar com seu Martinho Braga. Disse que, nos primeiros dias de casada, ela repetiu o nome completo tantas vezes fosse necessário para pronunciar corretamente sem tropeçar nos erres, nos as. Entre tanto desgosto, dona Álvara salientou o alívio pelo fato do pai, bem no momento de registrar seu nascimento, desistir de homenagear também a sogra, Laura, dando à recém-nascida um nome composto.

As conversas entre as duas são sempre assim, a recém-viúva deixa escapar uma frase ou outra, geralmente curtas e ensombradas pelos monólogos de tia Elsa. Isso não parece ser uma preocupação, até suponho servir de libertação. Introspectiva e de poucas palavras, dona Álvara está habituada a ser idosa; a velhice lhe veio desde muito jovem. A pobrezinha se sente pressionada na presença das pessoas, menos com a amiga. Uma gosta da companhia da outra. Dona Álvara ri dos absurdos e das obscenidades ditas pela tia, nem que seja apenas por dentro.

— Tá na hora de você achar um novo piruzão pra se divertir.

Mas alguns dos comentários não lhe agradam, não.

# 4

— Hélio? Hélio?

Rosto e braços estão debruçados sobre o balcão sujo. Os olhos abrem devagar, olhos curiosos pra reconhecer onde está enquanto a consciência se esforça em lembrar o que houvera. A córnea vai acentuando o foco do espaço ao redor, evidenciando mesas e cadeiras discretas na baixa claridade. Reconhece que adormeceu após beber sabe-se lá o quê. Aos poucos, se ajeita no banco de madeira e tenta arrumar os cabelos loiros e ensebados sem descolar a bochecha da poça de saliva. Encontra gradualmente o opaco bar vazio com cheiro de desinfetante de limão.

— Hélio? Aqui. — Continuo com os tapinhas no rosto, seu velho e conhecido despertador.

— Tudo bem, já acordei. Que horas são?

— O dia já levantou e você ainda não, preciso ir pra casa.

O céu nublado faz jus ao domingo, como todos deveriam ser. Pela rua, nuvens caídas se locomovem perdidas entre um grupo de homens; caminham exaustos, quase desacordados com os músculos à mostra, usando apenas saias de tule e um par de asas colado entre as escápulas, cada um de uma cor. O último deles é amparado por uma Carmem Miranda, nitidamente faltando algumas frutas no chapéu. O sol não ficará à vista tão cedo, isso se der as caras nesse dia abatido, como eu.

Em frente à porta, agarro seu ombro para impedi-lo de caminhar enquanto uso a outra mão para trancar o recinto. Sinto o movimento do tórax, respiração lenta.

— Escute, meu filho. — Giro a chave na fechadura. — Você sabe o quanto gosto de você, não é?

Ele retira minha mão de seu ombro e dá de costas.

— Não precisa continuar — ele diz.

Insisto em segurá-lo.

— As coisas estão ruins e não tenho mais condições de te pagar.

— Eu já disse que não precisa continuar.

Desvia novamente minhas mãos sobre ele.

Puxo da pasta um punhado de notas da noite anterior e transfiro para o bolso de seu casaco. Inerte, observa com indiferença.

— Eu o tenho como um filho.

Meus olhos marejados o deixam desconfortável.

— No que precisar, venha a mim sem receios. Mas, se quiser aceitar aquele emprego...

— Não vou servir bebidas, muito menos vou ficar na limpeza do bar, não é pra isso que estou aqui.

Desconcertado, puxo-o pra perto e o abraço. Mantém os braços esticados, imóveis. Encaixo a lateral da testa abaixo de seu queixo, não vejo sua reação. Com o ouvido cravado em seu peito, amplio a percepção sobre a lentidão do ir e vir dos pulmões. Mudos por alguns segundos, olha pra cima, reparou antes de mim que os pingos começaram a cair. Desvencilha-se do meu afeto e se afasta.

— Manda um abraço pra Vanda. — Sorri e segue seu caminho.

Da direção oposta, surge um jovem magricela de maiô de lantejoulas branco-prateado, virilhas expostas. Gruda os dedos na tiara de chifre de unicórnio, flexiona os joelhos e vomita na calçada, sobre os pés descalços.

— Que noite incrível — grita.

# 5

A vida já deu o que tinha que dar. Saiu de moda, cadê novidade? Troco os calendários, os dois que acompanho (um é brinde ao comprar o bujão de gás em dezembro e o outro cortesia do candidato a prefeito, o que nunca ganha) seguem pariformes, nada acontece. É tudo um caos de coisas nenhumas, como escreveu Fernando Pessoa. O cara morreu há décadas e olha aí, entra ano e sai ano, tudo na mesmice. Estou cansado. Bem que seu Geraldo fala, campo alegre dá margem pra tristeza se exercitar. Bom é ser lamentoso o tempo todo, se sorriso vier, prazer.

Barulhos vêm da rua, gritaria, balbúrdia. Não é briga, em Almirante Castros não tem disso. Intriga é só pelas costas, não tem emoção alguma. Vem ver, meu bem, minha esposa grita lá da laje. Subo desinteressado. De cima a gente vê um fusca azul-sabão-em-pó com uma caixa acústica improvisada no teto, não ligam para o chuvisco. Estão tocando marchinhas antigas. É Carnaval, é Carnaval, grita a meia dúzia vestida com balangandãs que acompanha o movimento na rua. Dou um copinho na orelha da esposa. Ela entende a brincadeira e sorri. Pego suas mãos e estico nossos braços ao alto, dançamos aos pulinhos.

* * *

Após terminarmos o café da manhã, dona Álvara pede licença e vai para perto da vitrola que fica encostada na parede à direita, antes do segundo quarto e do banheiro. Pega dali, posta sobre o chão de taco da sala, a caixa decorada à mão (nuvens com formas de bichinhos em um céu azul-éden), onde preserva sua coleção de vinis. Senta no sofá e apoia o acervo no colo. Ali dentro está enfileirado seu verdadeiro tesouro, algo que, no meio das tantas tralhas de seu marido, sempre pôde chamar de seu. É nas canções desses álbuns que dona Álvara expia suas lástimas e reedifica os tijolinhos que a guiam ao paraíso, por pelo menos dois ou três minutos ela revela se sentir num plano espiritual. No silêncio é quando mais diz. Talvez o único assunto que realmente lhe interesse seja a música. Acostumou-se a ficar quietinha e deixar que os cantores falem por ela, a manifestarem aquilo tudo que está engasgado e que não consegue expressar por si própria, ainda mais por possuírem vozes tão bonitas. Dentre a estimada coleção (diversos dentro do gênero gospel), há um em especial, e é em cima desse disco que os dedos resolvem parar. Polegar e indicador são pressionados, carregam o encarte para o alto e numa força-tarefa com seus avizinhados, trabalham com delicadeza para encaixar o vinil dentro do aparelho de som.

— *Hoje, eu ouço as canções que você fez pra mim...* — a vitrola entoa.

— Roberto Carlos, que novidade.

Tia Elsa retira um cigarro do maço e põe na boca.

— Você ficaria bem com o sobrenome dele.

Enquanto ouve a música, dona Álvara verifica vinil por vinil dentro da caixa.

— *Não sei por que razão tudo mudou assim...*

— Aliás, qual é o sobrenome dele? Não é só Carlos não, né?

O cigarro dança pelos lábios com a pergunta enquanto ela o acende com o isqueiro.

— Se for, não fica bem em você também não.

— *Ficaram as canções e você não ficou...*

A tia permanece com as suas divagações e dona Álvara nem se atém aos questionamentos. Esse é um dos momentos em que a música fala por ela. Está explícito. Não está calada, somente seus lábios estão. Verso sobre verso rumina num diálogo, num bem longe daqui. Tão longe e inalcançável que nem tia Elsa pode trazê-la de volta.

Seu Martinho não era tão diferente de dona Álvara quanto às palavras. Reservado e temperamental, mantinha conversas breves com as pessoas. Isso se agravou nos últimos anos. Nesse tempo, eu ouvi apenas uma história sobre o casal, uma a qual ele mesmo gostava de repetir. Na cidade vizinha, mais ou menos quarenta quilômetros de Almirante Castros, ele batia o ponto na fábrica onde trabalhava pra mais tarde tomar o ônibus de volta pra casa. Assim como ele, dona Álvara era jovem e estava visitando o pai que morava (e também trabalhava) lá. O cheiro de soda cáustica que vinha do morro, bem do topo da cidade — onde a fábrica foi construída —, impregnou nas casas, ruas, pessoas, e o odor a incomodava muito, era o motivo de suas visitas serem breves. Enquanto ela passava por um cruzamento para alcançar o mercadinho, seu Martinho descia o acampado que o ligava à avenida principal. Foi assim que se encontraram pela primeira vez. Ele acrescentava na história que foi a única vez em que dona Álvara se esqueceu daquele odor. Você não é aquela atriz, a Audrey Hepburn do cinema?, foi sua abordagem, e a afirmativa não foi um flerte, realmente presumiu isso. A resposta veio num sorriso complacente acompanhado de uma negação: não, não sou francesa, venho de Pindamonhangaba. Então saiba que a Audrey Hepburn de Pindamonhangaba é muito mais bela que a da França, seu Martinho disse, e relatou perceber seus olhos brilharem. Foi assim que se gostaram. Tão rápido começou o romance quanto levou a desembrulhar num fim. Dona Álvara estava para retornar à sua cidade com a mãe, e dois dias mais tarde já tinha ido embora. Não demorou pra cada um deles estar casado com outra pessoa. O reencontro e o casamento somente despontaram quarenta anos mais tarde quando ambos estavam viúvos, quando vieram morar na casa que estamos agora.

— *É tão difícil olhar o mundo e ver o que ainda existe...*

— Eu acho que a porta do Bostão está aberta.

— *Pois sem você meu mundo é diferente...*

Ainda de costas para nós, dona Álvara permanece silenciosa, segurando a caixa de vinis. Não posso ver seu rosto, mas pressuponho estar com o semblante murcho por lembrar do falecimento do marido. Eu a imagino assim, mesmo sendo difícil conceber essa imagem por nunca a ter visto triste e nem nada parecido.

— *Minha alegria é triste...*

— Estou curiosa com uma coisa. — Tia Elsa faz uma pausa para tragar o cigarro.

Sem se virar, a pobre viúva sai do estado imóvel, algo ali chamou sua atenção. Com suavidade, separa um dos discos enquanto afasta o restante. Na capa preta-desbotada está a imagem de algum tipo de mesa sendo servida. Entre uma rosca, sementes, cebolas e garrafas, há quatro pratos de papelão prateado-brilhantes e, sobre cada um deles, tem a cabeça de um homem de rosto pintado. No topo está escrito Secos & Molhados.

Ao ver a capa do álbum, se volta em nossa direção, mas não deixa desviar a atenção. Agora vejo seu rosto. A expressão de dona Álvara não é a de tristeza como eu esperava. Pela primeira vez, sabe-se lá em quanto tempo, projeta um olhar raivoso. Cogito perguntar o que houve, minha boca não se mexe. Passa a resmungar em baixo tom. Dos ruídos, só entendo que aquele disco não devia estar ali. Foi seu Martinho, eu diria, afinal, apenas os dois moravam nessa casa. A raiva não parece estar direcionada ao falecido marido.

Uma faísca estala minhas lembranças:

— Não sei o que isso significa. — Lembro de ter perguntado.

— Hiroshima é uma cidade bem longe daqui, daí jogaram uma bomba e destruiu tudo. — Foi o jeito mais fácil que encontrou pra explicar.

Eu era uma criança, mais que ele e não entendia muita coisa, ainda não entendo.

— E matou todas as rosas? — perguntei por não estar claro.

— Não, não. — Fez uma pausa. — É porque a explosão atinge um formato parecido com a da rosa, com as pétalas, vou desenhar pra você. — E desenhou. Tentava descrever o significado da música, que derivava de um poema de Vinicius de Moraes. Contava animado, tinha lido em algum lugar. Detalhou todos os versos e o disco ia tocando. O som saía dessa casa, dessa sala, dessa vitrola, desse mesmo grupo, anos atrás.

— Será que o disco é dele? — sussurro.

As rugas do rosto de dona Álvara alongam e sua feição adquire um aspecto retorcido, como se esses músculos faciais estivessem dormentes, proveniente de quem não aperfeiçoou o sentimento da repulsa.

— Como foi rever o filho do Martinho? — tia Elsa pergunta tranquila ao baforar.

— *Agora eu choro só sem ter você aqui...*

# 6

Está caminhando a passos firmes, corpo enrijecido e rosto pleno, sem expressão. A chuva, agora mais carregada, encharca seus cabelos. Vejo-o através da janela do segundo andar. As gotas que escorrem pela face não parecem ter origem unicamente do céu. Não é muito perceptível, enfim. Uma muvuca se formou nas calçadas, trombam uns nos outros sem se desculpar. Quem passa ao seu lado, julgando a aparência que transmite, deve estar se perguntando por que diabos está andando calmamente sem um guarda-chuva. Pensam: "Esse idiota não deve morar em São Paulo", "Um ambulante na Barra Funda vestindo um sobretudo de veludo mais caro que o meu", "Com um maluco desses eu até perderia um tempo fácil, fácil", "Coitado, ele não parece estar bem", "Vou tomar cuidado pra esse babaca não tentar me assaltar".

É a segunda vez no mesmo mês que eu o vejo assim, de cara azeda. Não que seja sorridente, está longe de ser. Nunca conversamos, o contato mais próximo que tive foi vê-lo se apresentar em um lugar ou outro. Soube há uns dias que não aparece mais no Finnegan's nem no food truck da Augusta. Cocoricó tem perdido seus meios de ganhar uns trocados. Ainda lê umas poesias pelas ruas, mas quem para pra ouvir isso? Tá todo mundo ocupado. Não se sabe quando ou quem difundiu o apelido nem se ele tem conhecimento disso, porque não há controle sobre essas coisas, vão se espalhando. O que se sabe é o significado, basta ouvi-lo. O sotaque interiorano, arrastando os erres, remete ter crescido numa fazenda, algo assim. Ele não é um de nós, um colega me disse quando o vi pela primeira vez. Rumores afirmam que os erres foram suavizados pelos anos na capital. Suavizados, não apagados, é impossível sumir com as origens assim. Aparentemente,

Cocoricó nunca se esforçou pra extingui-las. Ganhou seus quinze minutos um tempo atrás. Viralizaram sua foto na internet, sentado e entristecido numa praça do centro. É o Keanu Reeves BR, foi a legenda que o autor da imagem escreveu e publicou em seu perfil, virou meme do meme. Já possuía certa fama entre os paulistanos, então, travou-se uma guerra nas redes sociais entre quem o conhecia e quem passou a conhecê-lo, queriam definir sobre como deveriam chamá-lo. O meme morreu e ninguém venceu. Alguns semifãs que restaram anseiam seu grande retorno num horário político. Durante a fama temporária, alguns donos de bares passaram a convidá-lo pra beber de graça, alegando que era pra vê-lo feliz, mas a intenção era encher o estabelecimento. Como já lia poesias para o público, uniu o útil ao agradável — pra ele.

Não é a melhor época pra um poeta viver pelas ruas de São Paulo, se é que já houve alguma, rio comigo mesmo, também, né, puro clichê o homem amargurado, numa crise de meia-idade, vir da roça querendo ser artista na capital (interioranos de todas as partes do país vêm pra São Paulo querendo ter o talento descoberto enquanto a gente mantém essa cidade de pé). As solas dos coturnos devem estar tão gastas que quase deve tocar o chão com os pés. É visto em todos os pontos da cidade. São tantas as andanças que ele realmente deve conhecer os mais de doze milhões de habitantes daqui. Pelo menos os donos dos bares da região eu sei que ele conhece. Já estivera em todos os recintos, velhos e novos, tanto pra beber como pra oferecer seus serviços. Com o microfone em mãos, Cocoricó toa naquela vibe de coroa bêbado em karaokê de bairro pobre. Costuma abrir os shows das bandas da noite com um ou dois poemas, recita mais alguns no intervalo. É péssimo, mas ninguém liga mesmo.

Em frente ao Large Worm Bar, no outro lado da rua, vejo-o empurrar a porta e entrar.

* * *

As luzes estão apagadas, decorativos de neon ao redor da geladeira são as únicas fontes de luz que auxiliam a visão. No meio da escuridão, a forma silhuetada pendura o casaco em um banco. Encharcado, se sacode, dá pra ouvir a roupa pesada bater contra o corpo. Viro de costas para a entrada, estico os braços em direção às torneiras dos barris e encho um pint de cerveja. Percorre até o balcão, exatamente onde estou.

— Manhã difícil, Helinho?

— Ontem foi minha última noite no Docas.

Entrego o copo e se esbalda em um longo gole. Deixo a limpeza dos utensílios da pia, apoio os cotovelos sobre o balcão para vê-lo melhor.

— É uma pena, cara, você estava lá há tanto tempo.

Termina a cerveja no segundo gole e faz sinal com o indicador.

— Estou cansado. — Solta um suspiro arrastado. — Mais de vinte anos levando uma vida de merda, sem contar os outros vinte que vieram antes, qual é o ponto de virada?

— Para com isso, seu livro é foda e está entre os meus favoritos.

Preza por se silenciar, respira fundo e segura, baixa o rosto, os olhos.

— Sete anos e você insistindo nisso. — Solta o ar lentamente.

— Já faz tudo isso que.

— Sim — diz me interrompendo.

Eu o sirvo, mais outro longo gole. Durante a pausa, ouvimos o temporal ganhando firmeza sobre o asfalto. Os lamentos de Helinho não são uma surpresa, as vendas de seu livro foram ruins, o que também não é surpresa em um país que pouco lê. Só que geralmente as reclamações não passam de ruídos de descontentamento, ou então surgem após várias rodadas.

— O problema não é a demissão no Docas, não é? — pergunto, arriscando fisgar alguma confissão. — Você nem gosta de ler poesias em bares, percebi isso faz tempo.

— Acho que eu tô é precisando dormir um pouco. — Volta para si, para o silêncio. Está levantando barreiras pra não responder, como sempre.

— Helinho, é nessa angústia que nascem seus melhores textos. Já vi isso acontecer antes. Você transformou a pior fase da sua vida em um livro incrível. Então pegue agora essa tristeza e faça acontecer novamente.

Mais um gole e termina a cerveja, outro sinal.

— Eu não estou triste. Na verdade, além de cansaço, não sinto nada.

— Você não é o cara mais feliz do mundo, mesmo assim eu sei que houve algo — digo.

Bebe do copo como se ainda fosse sua primeira cerveja.

— Sim, houve, meu pai morreu e eu não estou sentindo nada.

# 7

Dona Álvara e seu Martinho mantinham com muito rigor as visitas semanais na casa de Alice. Filha mais nova de Martinho, vivia com o marido em um condomínio de semiluxo na zona sul. Essas reuniões de família não eram completas justamente por causa de Helinho. Nunca aparecia. Ele mora em São Paulo e pouquíssimas vezes visitou a irmã, um aniversário, um Natal e olha lá. Madrasta e enteado nunca se entenderam bem e não sei o porquê, ocorria o mesmo entre pai e filho desde que me lembro. Moleque esquentadinho, era como tia Elsa costumava retratá-lo. Talvez a esposa tenha comprado a briga do marido, talvez tenha pagado à vista e em dinheiro, muito dinheiro, isso serviria como base e explicaria a crise de raiva que está prestes a desatar.

— Este disco, este disco não deveria estar aqui.

— Eita, mulher, por que tá toda brabona por causa disso? — Tia Elsa engrossa a voz.

— Este disco... — Dona Álvara faz uma pausa. — Não deveria estar aqui.

Helinho provavelmente o esqueceu ao partir pra São Paulo, anos atrás. Ele ouviu tanto que devia adorá-lo, esse e tantos outros que possuía. Deve ser a única semelhança com dona Álvara. Lembro de vê-lo fazer bicos pela redondeza só pra poder comprar fitas cassetes e vinis usados no sebo do seu Odair. Por ser um pouco mais velho, nunca quis passar muito tempo comigo nem com outras crianças. Foi fácil abandonar suas raízes, nada o prendia aqui, principalmente quando a mãe morreu. Uma pena, não se encaixava nessa vila. Estranho é o disco não ter aparecido antes, ainda mais num lugar que dona Álvara mexe com frequência.

— Dona Álvara... — Minha voz ecoa preguiçosa. — A senhora devia tentar se acalmar.

— Sobrinha tem razão, larga essa desgraça aí e vem tomar um leite frio.

Em concordância, deixa o encarte do disco sobre a vitrola. Senta devagar, as solas dos sapatinhos batucam o taco, a expressão furiosa não desaparece.

— Por que não apareceu? Como alguém pode ser tão ruim assim?

— De quem você está falando, mulher?

— Dele. — Há desconforto nas palavras de dona Álvara, nem mesmo consegue dizer o nome dele. Os pezinhos ficam mais rápidos. — Sabe, ele nem se prestou a vir no enterro do pai.

Os instantes de silêncio a seguir suavizam sua fúria e aos poucos vai reaparecendo a mulher meio-tranquila-meio-triste de sempre. Aceita o copo de leite que lhe entrego.

— Você ligou pra ele pra dar a notícia? — tia Elsa pergunta.

— Deus me livre, dona Elsa, pedi para o Rogério tentar localizá-lo. Imaginei que ele pudesse ter ainda algum telefone de contato. Retornou a ligação confirmando ter deixado recado para algum amigo ou lugar onde morava.

— E como está o Rogério? Ele nunca mais passou por aqui — a tia indaga.

— Parece estar bem, está para se casar novamente.

Tia Elsa apaga a bituca dentro do copo com um resto de café, acende outro cigarro. Dá um longo trago e deixa escapar a sensação de satisfação. Diz:

— Não é surpresa o moleque não ter aparecido. Nunca se deu com o pai.

— Moleque? Ele já tem quarenta e três, o mínimo que devia ter feito era respeitar a memória do pai e ter ido ao funeral.

— Vocês vão se resolver quando ele voltar a morar aqui.

Dona Álvara me olha apavorada.

— Ele o quê?

Tia Elsa gargalha até se engasgar.

— Ué, por herança a casa também não é dele? Vocês não acham que ele vai querer isso?

— Não seja sonsa, sobrinha. Aquele partiu pra nunca mais voltar.

Sinto minhas bochechas corarem com as duas me olhando.

— Ela tem razão, dona Elsa. Não tinha pensado nisso ainda, a casa também é dele.

— Vocês vão fazer o quê, então? Se encontrar e vender essa coisa caindo aos pedaços? — Tia Elsa passeia os olhos ao redor enquanto dona Álvara volta a se enfurecer.

— Achei que nunca mais precisaria vê-lo.

Dona Álvara olha pra qualquer lugar sem querer olhar, sentindo o que não quer sentir. As sequelas causadas pela morte batem à porta, morrer toma tempo, é burocrático e não é fim pra ninguém. Pobre viúva, seu desconsolo faz romper a esperança que me ascendeu num reencontro, numa chance em ver a família Braga achegada novamente, em harmonia com o que sobrou dela. É seguro afirmar que estão unidos pelo luto, então é injusto que não mãe e não filho fiquem divididos sobre a possibilidade de reatarem o único não laço familiar que lhes resta já que Alice também morreu.

# 8

Desvios que tendem a aproximar, matéria-prima da pura mentira. Escapam entre os dedos como desejos não palpáveis. Queria ter perto dos olhos, pegar, amassar, partir. Cozinhar no meu fogão duas bocas, muitas bocas é pra quem tem tempo curto. Tenho muito. Mais tempo, mais lamentações. Interior não se nomeia à toa, é dentro que rumina amor. No caso, meu ódio. Mas é. Interior é despertencimento, totalmente independente, bem contrário da capital, que depende, e muito, da gente. Não de mim, do dinheiro, que é pouco. Tenho pouco. Mais dinheiro, mais dependências. Sou quase livre, e quase é bom.

À capital, cuspo ao chão.

* * *

De cabelos curtos e loiros, Alice se encaixava no caso bizarro de ter a cara do irmão e ainda ser bonita, só que a beleza conseguia ser ofuscada pela própria simpatia. Tinha vindo visitá-lo, suponho que pela primeira vez e com muita insistência dela. Helinho dividia um apartamento na Frei Caneca e detestava vê-la dormir entre roupas mal lavadas, espalhadas pelo cubículo, entre restos de nicotina e maconha, garrafas e em meio ao odor da pia abandonada. Superprotetor, ela revelou ao passar pelo bar. Era fácil identificar que não precisava de ajuda, pra nada. Astuta demais pra alguém nos vinte e poucos, bem mais nova que ele. Uma grande injustiça a garota ser tomada tão cedo pelo mesmo tipo de câncer que levou a mãe. Helinho já era fechado naquela época, depois disso, a coisa se agravou. Praticamente tudo o que sei de sua vida foi dito por Alice. Estava se apresentando com um de seus poemas bem ali no palco, naquele momento, abri uma das raras exceções em beber com uma cliente. Fiquei sabendo um pouco da infância de Helinho, era do tipo de criança que se refugiava nos livros. Vivia sendo castigado pelo pai por levar volumes da pequena biblioteca da escola sem autorização, que o menino reiterava não ser roubo, devolveria após a leitura. Só parou de apanhar por isso quando se tornou estafeta e pôde comprar os próprios livros. E, no fim, ao terminar cada um deles, doava para o colégio. A irmã esclareceu que foi o método que ele encontrou para contribuir e preservar itens tão valiosos, se preocupava muito com isso. De certa forma, foram suas primeiras poesias antes mesmo de escrever poesias, acreditava que os moradores do bairro careciam disso. Ajudar a conservar esse acervo foi o que o motivou a se tornar arquivista, ela disse. Eu nem sabia que ele tinha uma profissão. Contou também que a morte da mãe foi o pontapé para se mudar pra São Paulo, e aproveitou pra se afastar das desavenças com o pai.

— Sinto muito pelo seu pai, Helinho.

— Pelo menos alguém aqui sente.

— Como aconteceu?

— Infarto, aparentemente. Me serve mais uma, por favor — fala com tranquilidade e dá outro gole na cerveja. O copo ainda está pela metade.

— Vocês não se falavam há algum tempo, não é?

— Sete anos. Sabe se abriu algum novo bar nos últimos tempos?

Quando Helinho se sente desconfortável, normalmente pelo assunto se tratar dele, desvia as conversas. Antes de qualquer distanciamento, ele não deixa de responder o que lhe foi perguntado. É muito educado até nos pormenores. Com o pint em mãos, bebe e apenas me entreolha em curtos intervalos. Sinaliza que preciso mudar o tema.

— O quê? Vocês não se falavam desde que sua irmã morreu? — insisto.

Coloca o copo sobre o balcão e passa a me encarar. Viu que não pretendo desistir.

— Tecnicamente, antes ainda. Conhece algum novo bar pra indicar?

Não se falavam há mais tempo do que eu imaginava. Como posso continuar a cavoucar essa história pra tentar ajudá-lo sendo que seu pai não está mais aqui? De nada adiantaria. Ele nem me dá intimidade suficiente para fazê-lo. Sinto pena, Helinho é um cara bacana, mas isso irá destruí-lo em algum momento. Sou obrigado a redirecionar o tópico, tirar o foco sobre o desentendimento com o pai por claramente não querer falar disso.

— Vou lhe servir mais uma bebida — digo e sorrio com educação enquanto lavo um novo copo para ele. — Aliás, como está a esposa de seu pai? Deve ser difícil perder alguém na idade dela.

Silêncio.

De costas para ele, enquanto pressiono a torneira, espero por uma resposta. Nada. Passa pela cabeça que está quieto devido ao último gole pra encerrar a cerveja. Virando de volta, eu o vejo rangendo os dentes, olhos fixos em mim que mais parecem enxergar através de meu corpo. Ao perceber que o estou fitando, Helinho enfia a mão no bolso da calça e deixa um punhado de notas molhadas no balcão e se levanta, segue em direção ao seu casaco na entrada do bar.

— Acabei de te pôr outra bebida.

— Beba, é por minha conta.

Veste o casaco ainda pingando e desaparece na bruma da chuva que não cessa.

Nunca o vi recusar álcool. Nunca, e me abandona ao hiato intempestivo, às minhas próprias deduções. Fico sem entender, mas talvez outro ótimo livro surja daí, exatamente como aconteceu após a morte da irmã.

## 9

— E sua mãe, dona Antoniana, como está?

Estaciona o carrinho de feira ao lado, entupido de bananas-nanicas, um frasco de vidro com solução de arnica e, muito mal escondido detrás de uma sacolinha de mangas-espada, um pacote de pastéis vertendo óleo no asfalto. A feira de rua vai dando adeus, até domingo que vem, os idosos voltando para suas casas com carrinhos velhos, cheios de frutas e verduras que serão perdidos pela falta de apetite que a velhice traz, e, logo à esquina, um casal (quarentona de cara surrada e flamenguista sessentão de rosto jovem-vagabundo), que faz suas compras no metálico contêiner de lixo à saída da esquina, coleta os restos descartados pelos feirantes na pré-seleção da manhã — falta de um à farta de outro, piamente aos domingos. Dou um gole do copo quinhentos ême-éle de caldo de cana.

— Virou virgem de novo, tadinha, nunca mais arranjou homem depois de enviuvar, agora, de saúde, é a centenária mais forte desse bairro.

— Ficou sabendo? — Quase que a saliva escapa de sua boca, ansiosa.

— É a pergunta que mais amo ouvir, dona Maria José. — Solto um risinho.

— Teve a missa de sétimo dia do seu Martinho, nem sinal da viúva.

— Mas a mulher é crente, mulher — respondo.

— E eu não sei? — A risadinha soa maléfica. — Mas quem deu o nome do ser ao padre, às preces?

O joelho esquerdo cede ao entusiasmo, encurvo e sorrio, me recomponho e sorrio mais.

— Alguma pista? Preciso saber quem é.

— A Jeannie é um gênio aqui vai realizar seu desejo e descobrir logo, logo.

A despedida é breve, um leve aceno, em Almirante Castros é assim, o tchau é passageiro porque são grandes as chances do reencontro no próximo quarteirão, de um novo topar, vêm os mesmos assuntos, a conversa recomeça como se nunca tivesse existido. A gente jura que não é Alzheimer, é puro mau-caratismo mesmo, de gente que não presta. Dona Maria José é uma ótima amiga, mas a quem eu quero enganar, eu a odeio. No interior é assim, não se fala por código, sigla, etecétera, tudo é bem falado em sílabas coladas umas nas outras, tudo é bem falado na cara — mas a preferência é pelas costas. Tem de conhecer seus defeitos e seguir feliz, destilando quem a gente nasceu pra ser, somos bons à nossa maneira.

Passo ao lado do casal debruçado ao lixo, contentes pelo pé de alface quase intacto. Tomo fôlego pra subir a voz e desafiar a alta música sertaneja que sai da casa atrás de nós.

— Ei, vocês dois! — Eles não ouvem. Tomo fôlego novamente. — Alô-alô moça, alô Flamengo! — Grito pra chamar a atenção deles, que se viram pra mim.

— Sou Corinthians, minha senhora — responde irritado.

— Estão vendo aquela idosa logo ali?

Acompanham meu dedo apontado pra dona Maria José enquanto bebo o resto do caldo de cana e jogo o copo na lixeira que tanto fuçam.

— A mulher comprou uns pastéis pra vocês, é só chegar ali e pedir, super bondosa ela. — Sorrio.

* * *

A boca mexe a mim, a língua exposta balança e não compreendo, mas eu tento.

— Filha! — berro pra dentro de casa entre falhas na voz que me consomem há anos sem validade pra acabar. — Abaixe, o Zé, o som. Não o seu, o meu, claro.

As mãozinhas ali, empoleiradas, sobre o muro chapiscado de preto-musgado pelo tempo, pelo que não passa, sem reparos; ela todinha pronta pra diabrura diária. A meia-face surge aos pulinhos tentando me enxergar do lado de cá de minha casa, a boca ainda mexendo. Não compreendo. A pele dos dedinhos engruvinhados pra dentro do corpo, dedinhos que logo se enrolam pra dentro das mãos, se recolhem pro outro lado da fronteira entre corredores que dão para o quintal dos fundos, de ambos, o meu e o dela.

A filha surge na janela:

— Tá bom — berra e vai abaixando.

De meia se torna inteira face, certamente os pezinhos encontraram o banquinho de plástico que dona Xeretinha costuma tomar pra ganhar altura durante as prosas com a minha esposa.

— Não gosto do formato das minhas unhas, não olhe para elas — diz.

A filha atende o pedido e para, deixa sonzinho de fundo, a parte favorita, assopro entre estrofes.

— "Entre a serpente e a estrela", do Zé, o Ramalho, eu gosto. — Sorrio pra visita ao muro. — Servida? — Ergo a caneca. — É chá de carqueja, cura tudo, só não a dor do coração, da paixão, do fim — asseguro.

— Tá mais pra entre o surdo e o mudo — responde. — E dona Ermelina? Tenho bomba aqui.

— Foi no orelhão telefonar pra irmã, a nó cega, não a demônia, não a trambiqueira, não a tarada, não a remelenta, nem a do carrinho de Yakult, a nó cega mesmo — respondo.

— Não, obrigada, não tomo desses chás. É que tenho bomba — reforça dona Xeretinha.

— Conta a bomba, eu gosto, gosto. — Também coloco as mãos no muro. — Gosto do desenho das minhas unhas, ligo não.

— Quem é a nó cega? A bomba é ótima.

— A dona Chica, a nó cega, muito nó cega, vende jogo do bicho.

— Não te conto, não, ficar de papinho com homem, eu tenho o meu, suas unhas são horríveis, hein, pior que as minhas.

— Gosto de bomba, papinho quero não, tenho mulher, a minha.

— Aquela vende de tudo, vendia fita cassete aqui, vendia loto--difícil. — Ri da piada. — Nunca ganhei, jogo do bicho é pra gente tonta, velho de bar.

— Já ganhei frango assado em rifa, jogo do bicho nunca, não sou velho de bar.

— Não quer papinho, sei... dona Ermelina pede sempre pra eu ficar aqui na minha masmorra vigiando o brioco murcho dela, o senhor.

Acompanhar os passos de dona Xeretinha é andar à la curupira, pés no avesso, numa eterna conversa atrasada, enlaçando-se de frases turvas, pra dizer, pra ouvir. Esposa reclama de suas fofocas, duradouras, sem boas conclusões, não são sem pé nem cabeça, são gigantes no tronco, de membros alongados, começam de parte qualquer e terminam sem previsão nenhuma. Só que mexerico é igual mexerica, tem gosto bom mesmo que espirre e lhe cegue os olhos.

— Frango assado de origem duvidosa, certeza. — Cruza os braços, escondendo os dedinhos debaixo dos sovacos da blusa.

— Conte a bomba, dona Xeretinha, estou à espera do fim, do tardo — digo e bebo da caneca.

— Eita, esqueci.

## 10

— Aqui é a Elsa.

— Oi.

— Como foi lá?

— Não foi.

— Como assim, mulher?

— Ele não foi, não apareceu — ela diz e não reconheço se o tom é de raiva ou alívio.

— O moleque não deve estar mesmo querendo ver essa sua fuça.

— Melhor assim, o advogado que se encarregue de colher as assinaturas dele.

— Vou desligar esse troço, depois passo aí pra você me contar melhor.

— Tudo bem, tchau.

Desligo o telefone.

Faz uns dias que não encontro Álvara na casa dela. Com a morte de Martinho e o desinteresse do filho dele, ela é quem está correndo atrás da documentação e inventário da herança. Não é a primeira vez que fica viúva, não é leiga e tem experiência do que precisa ser feito, mas já está velha pra lidar com papelada. Eu é que não posso ajudar com essa merda, não sei nada sobre isso. O vagabundo do meu marido está mais vivo do que eu.

— Zé! — grito para o traste que está cochilando no sofá. — Eu tô saindo com a sobrinha, então se vira com o almoço.

— Não precisa berrar na minha orelha, benhê.

— Ai de você se comer naquele boteco, te meto um soco na cara.

Apenas me dá um sorriso banguela. Um embuste mesmo.

Já são setenta e quatro anos casada com essa imundície. Esse Zé em nada lembra com o qual me casei. Homem robusto, vigoroso, pedreiro de mão enorme e áspera. Eu era doida por ele. Hoje é esse velho murcho que mija na cama de noite. A única coisa que ainda mantém e que odeio é seu bom humor. Vive sorrindo e eu tenho vontade de enforcá-lo quando mostra as faltas de dentes na boca.

Nos conhecemos na escola ainda crianças. Estudávamos na mesma sala e ele vivia pegando flores nos canteiros do bairro pra me dar. Prometeu continuar a me presentear até nossa formatura, nunca terminamos o ensino fundamental (deixamos a sexta série para trabalhar e ajudar a família). Talvez por isso ele permaneça me trazendo ramalhetes.

— Vamos logo, peste.

Sobrinha surge pelo corredor toda banhada e perfumada.

— Vamos perder a merda da circular desse jeito, menina.

No ponto de ônibus do cruzamento da Ladeira do Penteado com a avenida Bandeirantes nós tomamos rumo à cidade. Tenho um retorno com o doutor Aurélio. Fiz uns exames dias atrás por causa de umas dores no intestino e agora preciso voltar pra ver os resultados. Coitada da sobrinha, estava guardando o décimo terceiro e sobrou pra ela pagar pelas consultas, me obrigou, na verdade. Havia tempo que não fazia um checape pelo SUS e, por causa de uma crise e pela demora de um atendimento, eu fui levada para um médico particular. Não teve outro jeito. Vida de pobre é uma desgraça.

Estou velha e nem ligo de morrer. Acho que passei tempo demais nessa vida. Sorte é de quem já se foi, não precisa mais sofrer por aqui. Só não queria dar o gostinho praquelas vizinhas me assistirem morrer. Antes de deixar essas terras, eu ainda vou dar canseira pras filhas da puta; que me aguardem. Eu já me sinto melhor e, se continuar tomando o que o doutor receitou, consigo viver pra sempre. Troço forte aquilo. Não queria voltar a dar trabalho pra sobrinha, a bicha trabalha duro limpando a casa daquelas madames em seus condomínios chiques, queria poder não deixar esse fardo pra ela. Tomar conta de mim e do traste do Zé. A irmã morreu faz tempão já e deixou a sobrinha ainda pequena. Cuidei como se fosse minha, mesmo não querendo ter pirralho nenhum em casa. Mas né, era eu ou a prima, e com aquela tranqueira eu não deixaria não, sobrinha seria malcuidada. Gostaria de ter tido mais condições de pôr a menina em escola boa, não deixar ser faxineira. Seguiu a carreira da tia pra me ajudar, mesmo eu tentando arranjar outra coisa. Sobrinha é mais que sobrinha, é filha mesmo. Veio da barriga da irmã, mas é minha.

Descemos no terminal Santo Antônio, daqui iremos a pé até a rua da Penha. Abrimos as sombrinhas, a previsão indica que o chuvisco vai chamar reforços ainda hoje. Só porque eu precisei sair de casa. Dia útil se tornou inútil nos tempos atuais, não dá pra resolver nada, todo mundo decide quitar as mesmas pendências exatamente na mesma manhã. Um trombando no outro os sovacos vencidos. A gente sabe que está na cidade grande quando não nos acaram nos olhos. Almirante Castros tem lá seus problemas, muitos, nem dá pra contar nos dedos, só que não atravessamos a rua sem ver bem a fuça do outro, nem que seja pra mandar ir à merda logo em seguida. Pedir informação é outra moléstia. Pelo receio de atrasar e tomarem meu lugar na primeira consulta com o médico, cutuquei um moço que cruzava a minha frente na calçada, queria saber o horário. Não quero, não, obrigado, ele disse antes de eu perguntar alguma coisa. Não quer o quê? Aquele infeliz viu cara de pobre e já deduziu que eu estava vendendo alguma coisa, mandei o lazarento e a família toda pra puta que os pariu.

Ainda mato um.

A clínica fica num desses prédios antigos do centrinho, tão antigos quanto eu. Alguns ganharam formas um pouco diferentes desde que era menina pequena: paredes de vidro, incorporados com o imóvel ao lado, um detalhe aqui e outro ali, mas já estavam lá, tocando os calcanhares do céu.

* * *

— Vamos entrar, conhecer a loja — convida o vendedor à porta de uma loja.

— Hoje não, obrigada — respondo.

— Bom dia, pode chegar, conhecer a loja. — Ouvimos dois passos adiante.

— Obrigada.

— Vem, minha senhora, coisas lindas, entra, conhecer a loja. — Ouvimos duas portas à frente.

— Mas que inferno! — Tia Elsa se irrita.

Chamo a atenção da tia que tateia o olhar ao redor.

— A senhora sabe o que houve entre Hélio e dona Álvara para se odiarem tanto?

— Deve ser só pirraça entre madrasta e enteado.

Espero um instante em silêncio.

— A tia não acha que pode haver algo mais aí? — pergunto, mas a frase se embaralha ao barulho. — Não acha? — Aumento a voz.

— Vem aproveitar a promoção, conhecer a loja.

— E o que poderia ter, menina? — Deixa escapar a irritação.

— Não sei, só acho estranho dona Álvara ficar tão incomodada, ele era um bom rapaz.

— Olha o cigarro, baratinho.

A tia Elsa me entreolha com desconfiança.

— *A cor dessa cidade sou eu, o canto dessa cidade é meu...*

— Olha o sonzinho potente.

— E desde quando a sobrinha sabe dizer quem é bom rapaz? Posso saber? — Ergue o tom de voz no meio da calçada movimentada.

Recolho os ombros constrangida e acelero os passos, deixando a tia pra trás. Não se importa em provocar alvoroço.

— Vamos lá, conhecer a loja.

— Obrigada — digo e me viro. — É que lembro dele de quando éramos pequenos.

Um homem vestido com uma placa amarela-me-notem escrita "Compro ouro" cruza meu caminho:

— Tô vendendo uns baratos aqui se estiver a fim — cochicha e sorri. Imprevisibilidade entre todos, medo do que muda, do que não permanece igual.

Uma espiada pra trás, a tia com a vista espremida, ainda mais desconfiada.

— Lembra dele, sei.

Passamos pela entrada estreita do predinho, subimos as escadas também apertadas e topamos com a pequena sala da recepção no segundo andar. Toca "Folha de papel" de Sérgio Ricardo nas caixinhas de som encaixadas nas pilastras. Nas paredes, variações de cores cítricas que mais me lembram uma casa de sucos do que um consultório; me dá sede. Tento convencer o cérebro que só tem água. Vencida pela imposição de me saciar, aperto a opção de água gelada e penso em limonada, mas nem um, nem outro; o gosto é de plástico fresco. Mal sento pra esperar e chamam por tia Elsa.

— Como a senhora está hoje, dona Elsa? — o doutor pergunta.

— Cansada de ter vindo de tão longe só pra abrir essa merda de envelope.

— A tia só está um pouco nervosa por causa dos resultados, da biópsia.

Entrego o envelope ao doutor.

Tia Elsa reclama da temperatura do ar-condicionado e se aproxima da janela para sentir o calor através do vidro, não tem sol. Sentada em frente à mesa do doutor Aurélio, entrelaço os dedos e pouso as mãos sobre as coxas magricelas. A mesma música da recepção ecoa pela sala. Mais paredes cítricas, e são pra elas que terei que olhar ao ouvir os resultados dos exames. Gostaria de pular essa parte. A tia está bem idosa e as dores no abdômen a incomodam há um bom tempo. Tentei trazê-la diversas vezes, só que é teimosa demais para ir em médico ou ser ajudada. Quando a arrastava para um pronto atendimento e havia muita fila, logo saía dizendo preferir ficar mal em casa do que esperar. Após passar por uma crise nas últimas semanas, acabou aceitando fazer o exame. Foi quando percebi que podia ser sério, já que não é qualquer dorzinha que a faz procurar um hospital.

O doutor abre o envelope enquanto a tia permanece reclamando ao lado da janela. Não pisco, ainda mais pelo semblante do médico à minha frente estar franzido, o que não estava antes. Começo a sentir o mesmo frio que a tia está sentindo, o de medo.

— A senhora não quer ir até a recepção, dona Elsa? Lá está mais quente.

— O doutor pode falar a merda do resultado na minha frente mesmo, não precisa arranjar desculpinha fiada, não — diz com a vista cravada nos prédios da frente.

Involuntariamente, meus dedos entrelaçados se espremem.

— Dona Elsa, sinto informar que não tenho boas notícias.

Paredes cítricas.

## 11

Aplausos surgem timidamente. Olhares se cruzam pelos cantos escuros, risinhos contidos vão ficando explícitos e, antes de uma provável euforia vir à tona, o som estridente do microfone anuncia que a banda vai começar. Solos de heavy metal arranham da guitarra acompanhada dos pratos da bateria, batidas que fazem o público estonteante se levantar para receber as vibrações com mais veemência. Não eu. Imóvel, apenas a vista sorrateira e atenta se desloca pra seguir os passos do performer que, só agora, escondido às costas dos músicos, desce do palco. O grupo iniciou o show em um ato de desespero antes mesmo dele sair de cena.

Cutuco o cara de boné no banco ao lado.

— Ei, sabe quem é aquele cara?

— O dos poemas? — Ri. — Sei não.

Afastado do palco, agora senta em frente ao balcão de bebidas.

— Você não é daqui, não é?

O cochicho ao pé do ouvido vem logo atrás de mim. Em uma rápida espiada acima do ombro esquerdo dá-se um homem grisalho de camisa polo e jeans a sorrir pra mim. Alto e bem-apessoado (típica beleza vinda de caros cremes hidratantes, no plural), está inclinado à frente sobre seu banco. Mantém a proximidade para ouvir a resposta.

— É tão evidente assim?

— Juro que não foi pelo seu sotaque — diz com um sorrisinho. — Mas é que se você não sabe quem é aquele cara. — Ele aponta para o cara da performance. — Então você não é de São Paulo, pelo menos não da região boêmia.

— Ele é tão conhecido assim?

— O Cocoricó é da geração remanescente dos antigos poetas de rua.

— Sério mesmo? Cocoricó?

— Foda, né? — Ri. — Tem algo a ver por ele ser do interior, paulistano é muito engraçado.

Também mira a atenção para o bar e ficamos os dois conversando, sem troca de olhares, vendo o tal poeta de costas pedindo uma cerveja.

— Na real, a fama em São Paulo é por ser bêbado de rua. Migra de bar em bar todos os dias, muitas dessas vezes nem é pra trabalhar e declamar poesias, não.

— Ele me parece uma pessoa bem interessante.

— Tem razão, é, os mendigos são. Principalmente por ninguém saber muito sobre sua vida.

Deslizo no banco pra ficar de frente para ele.

— E o que você sabe?

— Não muito mais do que as outras pessoas. Ele é bem fechadão e está em ésse-pê há muito tempo. Veio de uma cidade pequena, bem longe, só não sei qual. Declama suas poesias em bares por alguns trocados, às vezes até por bebida. Não tenho certeza se tem uma casa porque já cansei de vê-lo dormir no meio do lixo, debaixo do inhocão. Ah, e ele tem um livro publicado, vi numa livraria uma vez. Tinha o nome dele lá, não Cocoricó, mas nem lembro.

— Gostou da poesia que ele recitou?

— Ruim. — Ri. — Ruim, ruim, ruim demais, ruim.

Levanto da cadeira e dou uma última olhada no homem.

— Tá longe de ser um Manoel de Barros, né?

Perpasso com dificuldade entre a multidão que assiste à banda para chegar ao balcão do bar. Estão agitados, quase criando uma roda de bate-cabeça incentivados pelo peso que sai das caixas de som. Começo a imaginar, o dono do recinto devia um grande favor ao Cocoricó para deixá-lo se apresentar aqui. Esse não é um público que gosta de poemas, está longe de ser, mas um cara que declama versos onde a poesia está morta merece minha atenção.

Livre do amontoado, dou de cara com o longo balcão de madeira. Há um lugar vago ao lado dele, me aproximo. Aceno ao barman.

— Uma pra mim e pro meu amigo aqui ao lado, por favor.

Estacado ao banco, sem qualquer intenção em se virar para me inspecionar, Cocoricó toma sua cerveja. Reforço uma tentativa de contato pra confirmar se entendeu que a bebida é pra ele.

— Posso te pagar uma rodada, né?

Mata o restante do pint em um gole.

— Não recuso bebida — diz, ainda sem se virar.

O barman serve os copos. Analiso-o em silêncio durante alguns instantes, esperando qualquer tipo de abordagem ou agradecimento. Nada.

— Eu gostei do poema, de minutos atrás.

Toma um gole.

— Obrigado.

— "Tudo que não invento é falso", esse verso é genial.

— Obrigado.

— "Há muitas maneiras sérias de não dizer nada", uau.

Outro gole.

— "Não preciso do fim para chegar".

O gole é longo.

— "Do lugar onde estou já fui embora", você sabe reger as palavras, maestro.

— Já recitei "Garota de Ipanema" uma vez, nenhum pio, acredite — diz enxugando os lábios.

— Acho que por um momento eu o subestimei — digo surpreso. — Soava um canastrão.

— Não é o único, mas é a primeira vez que ganho uma cerveja por isso.

— Então você já foi pego antes — digo e bebo da cerveja. — Nunca deu merda? Por fingir que o poema é seu, etecétera?

— Apenas se vangloriaram pelo próprio intelecto, como agora.

Olho pra ele, que não retribui e permanece apreciando o nada.

— Não sou eu o poeta — digo.

— Como bem percebeu, também não sou.

Rio, acreditando que o tom irônico seja uma piada.

— Costuma se apossar da poesia dos outros por sofrer de bloqueios criativos?

Deixa escapar um "hunf" das narinas acompanhado de um quase sorriso. Mais um gole.

Com uma das mãos sobre o copo, eu apoio e deslizo os cotovelos pelo balcão, finalmente me deixando sentar ao seu lado. Não se vira, resiliente.

— Qual é o seu nome?

— Acho que você sabe como me chamam.

— Por isso mesmo, gostaria de saber seu nome verdadeiro. Sou Santiago da Costa.

— Prazer.

Fico esperando e, na mudez que se prolonga, percebo seu incômodo.

— Hélio. Braga.

Estendo a mão direita para cumprimentá-lo exatamente no instante em que leva a cerveja à boca. Sem esperar meu gesto, ele interrompe o gole para deixar o copo e balançamos as mãos desajeitadamente, me olhando, afinal. Minhas bochechas ruborizam pelo mau jeito da formalidade. Compreendo ser um cara de poucas palavras, fora do palco, pelo menos. Foi educado até então, no entanto conversa sem querer conversar. Fico inibido, o que não é muito natural, e da janela lateral, um relâmpago, o sinal de detenção, de que estaremos presos aqui em minutos.

— Vem um temporal — digo, mas não escutou, não quis. É o mal do século, falhar em querer ser ouvido, suspeito é quem não quer falar, não tem algo a dizer, peço ao garçom mais uma cerveja pra ele. A falta de algum sucesso o destroçou por dentro, quero salvá-lo, toda sua espécie sem forças pra dizer, dar voz aos mudos de coração, não surgi aqui à toa.

— Posso te ajudar, a te manter vivo.

Dá uma boa olhada em mim, volta ao copo, clássico sinal de ésse-o-ésse. O garçom lhe serve mais uma.

— Ouviu? Vou te ajudar.

— Não quero me converter.

— Sou ateu.

— Não vou entrar em esquema pirâmide.

— Você está se precipitando.

— Só há três motivos para se pagar uma bebida a alguém — diz, gesticulando com a mão —, por negócios, pra amigos ou pra foder. Não somos amigos e não pareço fazer seu tipo, caso contrário você estaria perguntando o tamanho do meu pau e não propondo qualquer auxílio em troca de algo. — Termina de falar e dá uma golada na bebida recém-chegada. — Ah. — Faz uma pausa pra terminar o gole. — E sua aliança na mão direita indica que não procura alguém pra transar, se fosse na esquerda eu até suspeitaria.

Com muito custo eu conquistei parte da atenção dele, seja pela ironia ou pela falta de apreço da minha presença. Só agora Hélio falou mais do que em toda a nossa conversa, está na defensiva e não é surpresa. Da janela lateral, eu vejo chegar o temporal; quero que assuma estar em socorro, que rompa o trato com esse inútil desolo quando há de se tirar proveito de cada pingo que cai. Vira água limpa pra todos.

— Você me pegou, certamente não pretendo dormir com você. — Sorrio. — Tenho um cartão meu aqui, vou te dar. — Enfio a mão no bolso da calça.

— É claro que tem — ele interpela.

— Deixarei com você antes que acabe me esquecendo, mas explicarei o que me passou pela cabeça.

Hélio passa a se calar, mesmo de breves comentários, apenas gira o copo sobre o balcão, de um lado para o outro e de um lado para o outro, coloco o cartão no balcão e lá vai girando de novo e, em seguida, faz algum tipo de desenho com o suor frio vindo do copo. Seu silêncio sussurra o desinteresse, não importa o que eu ofereça.

— Queria ouvir mais de você, menos de mim, da minha voz, que tá falando demais.

Permanece na quietude, tendo a entender que nem me ouviu, não quis. Sigo:

— Me fale sobre sua família.

— Preciso ir ao banheiro, com licença — diz ao se desencostar do balcão e ficar de pé.

Desvia das pessoas e segue para os fundos do bar. Toda dúvida é margeada pela zona de conforto e o desejo de sair dela, tomar esse tempo será benéfico pra sentir que a ajuda é necessária. Não tem muito o que pensar, entretanto. Um cara que mora nas ruas, que ganha trocados declamando poesia, que diferença tem de pedir esmola? Precisa de dinheiro, todo mundo, sim, e não de pouco, migalhas. Histórias como a dele vendem, só precisa de tempero, do meu, vou salvá-lo.

Vinte minutos à espera. Mais duas, garçom, digo pra já adiantar mais bebidas para nós. Só então percebo que o copo de Hélio ainda está pela metade no balcão. Homem não costuma largar cerveja pra ir ao banheiro, leva o copo consigo; no mínimo mata o restante pra na volta tomar outro. Homem é assim, beberrão profissional, ainda mais.

Mais dez minutos, a bexiga aperta. Aproveitarei pra checar se está bem. No banheiro eu me deparo com o vai e vem de mictórios e cabines privadas. Nada. O forte odor de mijo me obriga a fazer o que tenho de fazer e sumir o mais rápido possível, o que me leva a crer que Hélio nem ao menos passou por essa porta. Foi-se pela saída secundária. Da janela lateral, abaixo da luz do holofote próximo à grade, um pássaro em voo circular que muito lembra a forma do infinito, o tal oito deitado. Preso à água corpulenta da tempestade, esvoaça inquieto sem saber como escapar.

Celular na mão, abro o Google. Hélio Braga, procurar.

# 12

— Nada?

— Nada, mãe. Posso brincar agora?

— Não. E entre já.

Empurro Mateus para dentro enquanto procuro avistar qualquer movimento. Não há iluminação significativa vinda dos cômodos, somente os postes fazem algum trabalho em frente à casa (os que estão funcionando). Pelas nuvens carregadas, logo a chuva vai atrapalhar mais a visão, fica pra amanhã.

Nos últimos dias não há qualquer sinal de vida na casa de Álvara. A primeira parcela da pensão de morte do marido deve ter chegado e não tardou em trocar as cortinas, uma vermelha-goiaba-passada dessa vez. Não dá pra enxergar se ela está fora ou se não sai de casa. Quase chego a sentir pena dela. Quase. Conheço esse tipinho, devia mesmo gostar de Martinho, só que não engulo o que fez com a minha amiga Vânia durante o casamento deles. Mas não é por isso que chego a lamentar por ela. Eu sei como é viver sem o marido. O meu me abandonou há muito tempo, depois veio a segunda chance de restituir uma família e o nojento teve coragem de me largar grávida sem deixar um tostão. Já a queridinha da Álvara teve tudo de mão beijada, Martinho recebia uma boa aposentadoria, logo levou uma vidinha de rainha. E, sem filho pra criar, gastava tudo com ela mesma, principalmente depois que Alice se casou com um riquinho e de Hélio ter sumido pra São Paulo. Ficou com tudo só pra ela e nunca sequer pensou em me ajudar ao ver as dificuldades em criar o Mateus. Tudo bem, a vida tá aí pra gente pagar pelos nossos pecados. Mesmo assim, boa que sou, acabo sentindo pena por vê-la viver sozinha.

Espera, e se ela realmente não está mais em casa? E se pegou toda a grana de Martinho e foi curtir a vida? Maldita, faz sentido. E eu aqui tendo dó. Vou tirar isso a limpo, vai ter que abrir a porta caso esteja lá ou então pulo a janela só pra ter certeza do que estou suspeitando. Gritos virando a esquina ecoam tão rápido quanto boto a mão na maçaneta.

— Some daí, sua imprestável.

É a bruxa e sua sobrinha. Álvara somente mantém essa amizade pra me atormentar.

— Vai! Sai logo, ô fuxiqueira. Esfrego sua cara de bosta no chão se continuar xeretando.

— Sai você desse bairro, já tá na hora de sumir daqui — digo voltando pra minha casa.

— Com sorte eu vou sim, mas antes te chuto pra puta que pariu.

Elsa toma meu lugar frente à porta e gesticula com o dedo do meio em provocação.

* * *

— Álvara, vamos, abra essa caralha.

Esmurro a porta de madeira e ninguém atende. Tento abri-la, está trancada. A mulher sumiu, não atende aos telefonemas e não sei onde foi parar. Sei que estava ocupada com o assunto do inventário, aquela bostaiada toda, mas não há nada aberto agora à noite, deveria estar em casa. Ela não tem familiares e nem mais pra onde ir.

— Sobrinha, venha me ajudar.

Sigo para a lateral da casa ao lado da janela da cozinha. Reviro entre os matinhos ao redor, encontro uma pedra roliça e pesada o suficiente. Volto a me aproximar da janela.

— O que a senhora vai aprontar, tia Elsa?

Antes mesmo de a sobrinha terminar a pergunta eu quebro o vidro da janela.

A maioria das casas antigas do bairro não possui grades de ferro ou qualquer tipo de barras de proteção. É só uma janelinha de madeira com vidros quadradinhos amarelo-triste encardidos. A segurança é meio desleixada porque esses mausoléus não possuem muito o que roubar. A casa de Álvara é uma dessas.

— A senhora enlouqueceu?

— Venha, junte as mãos aqui e me ajude a pular.

Podo os vidros que restaram nas arestas com a barra da camiseta pra não me cortar.

— Quando ver esse estrago, dona Álvara vai te lançar um palavrão pela primeira vez — a sobrinha diz e junta as mãos para eu me apoiar. Tem uns cambitos magrelos, só que é braçuda, acostumada com esforço e eu, que sou um rabisco de gente (mas de tronco firme pela vida dedicada à faxina), sou impulsionada com facilidade pra dentro da cozinha.

Pia transbordando de louças. Gavetas e portas de armário abertas e reviradas. Tanta coisa esparramada no chão que, pela escuridão, mal consigo identificar. Nunca vi a casa dela desse jeito, sempre foi toda certinha com a arrumação. Caminho pelas pontas dos pés com o auxílio da luz que vem de dentro da geladeira, que está com a porta escancarada (ela ainda não trocou a borracha do Bostão). Sobre a mesa há migalhas, restos de frutas, pães. Álvara saiu e deixou uma zona pra limpar na volta. Ou alguém tentou roubar esse bairro pela primeira vez em muito tempo. Mas, aparentemente, todas as entradas estão fechadas.

Com a vista já adaptada pelo escuro, e entre tanta sujeira, a sala me chama a atenção.

— Eu não posso acreditar nessa merda.

Os discos de Álvara estão estraçalhados. Vinis e encartes de papelão, tudo em pedaços, picotadinhos, formam um tapete forrando o piso. Agacho, pego uma porção das papeletas, inclino pra enxergar melhor com a luz do Bostão. A cara do Roberto Carlos, que ela tanto ama, está entre os álbuns moídos. Vejo que tem uns pedaços mais grossos, boto na palma da mão. Não poupou nem a caixa enfeitada onde guardava a coleção. Da sujeirada espalhada, é a mais dolorida, deu cabo ao que tinha com tanto carinho. Levanto, pesco de cara o farol da geladeira, na mesma direção da vitrola velha, a iluminar o único objeto intacto que se exibe. Apenas um.

É o disco do moleque.

Os quatro rostos tristes que enfeitam a capa do disco, que a perturbou alguns dias atrás, velam a lástima em que se encontram seus antigos companheiros de caixa.

— Tia Elsa, a senhora encontrou algo aí?

— A velha deixou uma zona aqui — grito em direção à janela da cozinha. — Vou abrir a porta e sobrinha me ajuda a limpar essa merda.

Um grunhido vindo do quarto me faz parar antes de chegar à porta. Ao ouvir novamente, reconheço uma tossida. Sigo a passos lentos para o cômodo. Dentro do quarto, vejo Álvara nua, inconsciente, jogada no chão, rodeada por comprimidos.

# 13

As calçadas estão mais apertadas, a gente vai se ajeitando mais pra cá, tira uns itens dos tapetes, dá uma muquiada, coisa sobre coisa pra caber quem precisa, a gente se arruma. Tem que abraçar os irmãos, os que perambulam. Na rua todo mundo se conhece. Não pega nada viver nos poucos, viver com o que Deus deu, que Deus dá, simplicidade é estilo. O foda é que o cotidiano tá espremendo até a casca, tirando suco da parte amarga, juntando com aquela babinha suja que fica nas mãos. Mata a sede? Mata, mas vai matando também o gostinho de gostar das coisas, das pessoas.

— Salve, Helinho.

Está passando com cara derrubada, nada fora do habitual.

— Dante.

Aponto os objetos e penduricalhos expostos à venda. Brincos de pena (as que coleto do chão dos parques), cachimbos e medalhões esculpidos à mão, gargantilhas e colares de pedras e miçangas, cantis de bambu e decorativos trançados em arames.

— Irmão, verde-cacto-cordilheira-dos-andes ou violeta-aurora-boreal? — pergunto com um cascalho colorido em cada palma da mão. — Traz sorte ao portador, veio de longe e te leva pra ainda mais, é presente pra amansar a noite.

Respinga os olhos de pedrisco em pedrisco, segue alternando, não se decide. Repito as cores, examina-as com seriedade, não escolhe. Os olhos transitam até se converterem em afronta, acaram um inimigo. A postura torta se esqueceu estática. Correm aromas de incenso de framboesa e lavanda vindos dos mercadores avizinhados, tem também bodum de óleo da barraca da frente e ventos enxotados pelo efeito pistão da estação de metrô logo à frente, clientes chegam, clientes vão, formigamento nas costas das mãos chegam e ficam.

Não se decide, não escolhe.

— Desencana, irmão, traz sorte porra nenhuma.

* * *

— E a irmã Álvara? Não falta nunca.

— Estava encapetada mais cedo, credo.

— Irmã?

— Uma sacola em cada ombro cheinha de novelos, vai voltar aos tricôs, às encomendas. Dona Júlia jura que foi mal-educada, sem bom-dia ou boa-tarde, e nada a ver pela dúvida de ser meio-dia, tinha recém-chegado e o mau humor durou até sair.

— Devia ser cabeça cheia, irmã.

— Cantarolava "Nossa Senhora", do Roberto Carlos.

— Jesus Cristo!

— Cantarolou também.

* * *

Luzinhas alternadas, vermelho-socorro de um lado e azul-emergência do outro, sobem a Ladeira do Penteado pintando o breu de uma noite em um bairro mal iluminado. Não às pressas porque paralelepípedos molhados pelo pé d'água fazem a viatura dançar. Almirante Castros foi assentado com essas pedras porque havia muito tempo para montá-las, pecinha por pecinha, desconheciam o significado de rapidez. Essa cultura foi sendo perdida país afora, aqui permaneceu intacta. Os de fora não compreendem, nossas urgências não são tão urgentes assim. Então, exige-se paciência tanto do motorista da ambulância quanto da vítima.

Visita boa assim o bairro não recebe com frequência, a gente torce pra ser em nossa casa mesmo sabendo que está todo mundo saudável. É um sinal que a vida está trabalhando de mãozinhas dadas com a morte.

— Leva eu, me leva, leva eu pra lá — grito da janela.

## 14

— Eu não tentei me matar!

É a primeira vez que grita para a tia Elsa, ou mesmo pra qualquer pessoa. Não é a mesma, nos últimos tempos não aparenta em nada com a pacata dona Álvara.

Varro as migalhas que um dia foram uma pequena coleção de raridades. Vinis, encartes, tudo. As coisas que mais amava no mundo. Num dia se está bem, no outro se debruça pra chorar a perda. Sempre ouvi dentro de casa que a morte não escolhe aquele que precisa sucumbir, ela seleciona aquele que tem que sofrer pra pagar seus pecados. Daí surge e leva quem você mais ama. Tia Elsa exemplifica a lenda sobre o tanto de gente velha que há em Almirante Castros. Ninguém morre porque todo mundo se odeia. Nascem filhos, netos, bisnetos, e os patriarcas da família assistem a todo mundo envelhecer. Afirma ser aqui um verdadeiro reduto esquecido pelo tempo. Vão ficando até a vida se enjoar e decidir levá-los pra um lugar pior.

Vassoura e pazinha em mãos enquanto a tia fuça pra desvendar o que aconteceu. Dois paramédicos ajudam. Usei o telefone da casa pra acionar o Samu assim que pulei a janela. Tia Elsa se esgoelava em me chamar do lado de dentro ao testemunhar dona Álvara inconsciente, quase morta. Eu à espera com o gancho numa orelha, a tia dependurada para fazê-la vomitar. Obteve sucesso em expelir alguns comprimidos, só que não sabíamos se era o suficiente para reanimá-la. Sem uma análise mais apurada é impossível dizer se ela teria morrido ou não (conhecendo bem o lugar onde moramos, a resposta seria um não bem dado), os paramédicos disseram sobre sermos rápidas em acudi-la. Durante o socorro, eles encontraram as caixas e cartelas dos remédios ingeridos. Em sua maioria, continham Paracetamol, Omeprazol e Rivotril. Fora de risco e já consciente, dona Álvara está irritada com nossa presença.

— Calmante que é bom tomar você não tomou né, caralho — tia Elsa diz.

— Eu só queria dormir um pouco.

O excesso de comprimidos para dor de cabeça, estômago e antidepressivos devem deixar dona Álvara com mal-estar por mais algumas horas. Deixou escapar que tomava os antidepressivos por conta própria e sem qualquer receita; vantagem de ser idosa é alcançar a maioridade sobre a própria saúde, toma o que bem entender com o aval do farmacêutico (isento de responsabilidades pela decrepitude alheia) pra um dia deixar a vida e ter o prazer de dizer que tomou isso, tomou aquilo — se morreu, morreu. É o dia a dia medicativo, faroeste do século XXI. Assim que recobrou a consciência, os paramédicos, que já tinham chegado, tentaram colocá-la numa maca para levá-la à ambulância, se negou e se contorceu. Os dois homens foram desbancados pela ira da senhora de setenta anos. Por ter ostentado saúde, aceitaram analisá-la dentro da residência, o que também não durou por muito tempo.

— Se não aceita ir pro hospital, vou passar a noite aqui pra ficar de olho em você — a tia diz.

— Não quero ninguém aqui — retruca.

— Só tem duas opções, caralho. Ou vai com eles ou eu fico.

Deitada na cama, vestindo somente um robe de banho azul-velório, cruza os braços e vira para o lado, irritada.

— A senhora fica então.

Os paramédicos se despedem e retiram-se do quarto. Um deles, o de cabelo tigelinha, passa por mim na cozinha em direção à porta e alude, com um sorriso, que voltasse a ligar no caso de nova ocorrência. Consinto com a cabeça e vão embora, restando apenas dona Álvara, tia Elsa e eu. Com quase tudo limpo, eu me permito abeirar no batente do quarto.

— Estamos sozinhas agora, então seja sincera. Por que você tentou se matar?

— Eu tentei dormir, porrete. — Uma leve freada na última palavra. Recuou no último momento pra explodir o palavrão, está voltando a velha dona Álvara. Ou então representa o processo de libertação das antigas amarras, se despindo aos poucos, se adequando à nova situação de vida em que se encontra. É a opção que mais faz sentido.

— Sabe, entendo que não esteja bem... — Tia Elsa amansa as palavras. — Não é pra estar mesmo, você tá passando por muita coisa. No alto da minha vida, eu já perdi algumas pessoas, não um marido, mas entenda de uma vez que você não tá sozinha nessa.

Dona Álvara leva as mãos ao rosto, tenta disfarçar as lágrimas que escorrem.

— Preciso enfrentar algumas coisas sozinha e eu não sei se tenho forças pra isso.

— Tem sim — digo.

As atenções se voltam pra mim por criar coragem de me intrometer na conversa. Sem tentar fazer barulho, me achego ao pé da cama.

— A senhora é a mulher mais forte que eu conheço, a senhora e a tia Elsa. Sonho em ser parecida com as duas, nem que seja só um bocadinho.

— Tá vendo como você é exemplo pra sobrinha? Mas não sinta pressão por isso, querer fazer tudo certo e não errar. Você é como sua geladeira, o Bostão. É velha, e às vezes não funciona direito, mas continua sendo uma boa geladeira. — A tia dá um sorrisinho e toma fôlego. — Só que não custa nada meter um borrachão na portinha pra ficar ainda melhor.

Dona Álvara, que conhece bem tia Elsa, assimila a insinuação maliciosa e começa a rir. Ri e gargalha como nunca a vi gargalhar. Também rio, contagiada pela quebra de tensão.

— Achei que a senhora queria que eu me livrasse dessa geladeira.

— Achou certo — diz a tia. — Queria que se livrasse pra ela ficar pra mim.

A viúva exibe um sorriso feliz em resposta ao comentário, que em instantes se desfaz. Os lábios voltam a murchar e tremelicar, como as pestanas. Os ombros também se retraem. Na mudez, busca por palavras, remói, fecha os olhos e se esforça, desiste. Inspira e diz:

— Eu não quero sofrer outra vez — apela pela sinceridade.

Tia Elsa se vira pra mim ao ouvir dona Álvara. Olha como se precisasse de algo. De mim. É um pedido, eu sei no que está pensando. Dona Álvara vai sofrer outra vez, não irá demorar, essas coisas nunca demoram, voam, e é o que a tia está insinuando. Só consigo rebater o olhar, triste. Intercepta um certo desconforto entre nós duas. Antes de qualquer menção, a tia intervém juntando suas mãos sobre as dela.

— As coisas podem mudar um pouco às vezes, mas não significa que é ruim.

A tia não está falando só para dona Álvara, também é para mim.

— Adorava andar de trem na juventude — dona Álvara diz —, mas não nutria o mesmo desejo pelo céu, via na tevê imagens de dentro da cabine do avião e me apavorava pensando nas turbulências que surgiam de repente. Minha maior aversão era não enxergar nada à frente, apenas um longínquo mar de nuvens. Imaginava ser incrivelmente fácil de se perder naquilo. Diferente dos trilhos ferroviários, que se pode vislumbrar qual direção o trem vai tomar. Vai virar pra direita, e vira, vai pra esquerda, vira. Não há muitas surpresas pelo caminho, e isso para mim é algo seguro. Eu me senti assim a vida toda, na maior parte do tempo. Agora eu me vejo nesse avião, um piloto desorientado e sem saber para onde ir.

Contações de memórias não são frequentes no cotidiano de dona Álvara. Tia Elsa e eu ficamos caladas e meio perplexas com a profundidade da história. Os poucos causos cotidianos que ouvimos sobre ela vinham sob o ponto de vista de seu Martinho, nada tão pessoal desse jeito. Centrada e estabilizada, sempre a imaginei confortável, sabendo o que queria. Nem parecia um ser humano. Se era mesmo bem-equilibrada, bastou mudar um pouco a rotina tranquila para desestruturá-la, tirando-a dos trilhos, como disse. No fim das contas, dona Álvara é tão sensível como qualquer outra pessoa. A tia, que nunca para de falar, está muda e hesitante.

— Eu não sei como sair desse avião — dona Álvara diz. Está aos prantos.

— Por que você não aproveita o voo?

Repentinamente interrompe as lágrimas para compreender o que ouviu de tia Elsa.

— Eu sei que parece chavão de novela, essa besteirada toda. Mas por que tentar sair do avião se você tem a chance de ver onde isso vai dar?

— Odeio aviões, já disse.

— Você tá voando nessa merda há pouco tempo, nunca esteve em um avião antes. Dá a chance pra ver se gosta. A sobrinha e eu nunca estivemos em um desses também, então deixa a gente embarcar com você.

Fica parada, olhando.

— Você entendeu a comparação que eu fiz pra você deixar a gente te ajudar, ô buceta?

— Não consigo enxergar que tipo de ajuda eu possa receber pra me sentir melhor.

— Nem nós. Ainda. Mas se deixar a gente entrar nesse avião, mesmo sendo aquela ala dos pobres, vamos fazer a melhor farofa que já se viu.

Dona Álvara dá um sorriso envergonhado.

— Você entendeu que fiz a porra da comparação de novo?

— Posso ver o que consigo fazer.

— Vou tomar isso como um sim e a gente começa a voar nessa merda logo amanhã cedo.

# 15

— É este, senhor?

— Sim, finalmente!

Percorri as muitas livrarias à procura do livro e nada, nem sequer conheciam o nome Hélio Braga. Bem diferente do cenário dos bares. Só fui encontrá-lo num pequeno sebo sem letreiro nem nome da Brigadeiro Luís Antônio, esquecido debaixo de uma pilha de mofos.

— Este livro está aqui há muito tempo?

— Nem sei dizer quando chegou.

— Eu vou levá-lo.

Após sair da loja, parado na calçada, abro o guarda-chuva e dou uma boa olhada no livro. É uma edição bem simples, capa preta-esfumaçada com o título *Cachos desfeitos* bem singelo em amarelo-ouro-de-tolo, abaixo, a autoria no mesmo tom. Nas folhas envelhecidas e empoeiradas, eu reparo o selo de venda da editora que a publicou. Celular pula pra mão.

— Rubinato? Santi falando.

— E aí, queridão. Como vai essa força?

— Escuta, tenho em mãos um livro antigo da Cosmópole e queria uma informação.

— Claro, qual é?

— *Cachos desfeitos* de Hélio Braga.

Silêncio.

— Ah, sim. Lembro desse cara. Conheceu ele num bar, não foi?

Ouço um leve riso do outro lado.

— Pois então, ontem à noite.

— *Brother*, conselho de amigo, foge que é furada.

— Por quê?

O som da buzina de uma Fiorino (adesivada com o logotipo de uma corretora de seguros), bem na minha frente, me faz perceber que o sinal para pedestres já está vermelho-não-ultrapasse-idiota. Aceno desculpas pela desatenção e volto pra calçada. Odeio caminhar nessa cidade, principalmente em dia de chuva.

— Ele é muito problemático, foi um parto trazer esse livro à vida e, depois de pronto, foram novos transtornos com as sessões de autógrafos. Algumas ele nem compareceu.

Encontro um bistrô ao atravessar a faixa de pedestres da avenida Paulista e ocupo a mesinha livre da área coberta da calçada.

— Pois não estou surpreso.

— Mesmo com esses problemas nós tentamos publicar outro livro dele, não que tenha vendido bem, até porque não vendeu, só que a faminha de pobre coitado dele tava em alta.

— E o que aconteceu?

— *Man*... — Ele toma fôlego. — O puto sumiu. Insistimos, mas se esquivou tanto que desistimos. Se não me engano, nem foi buscar os últimos trocados que a editora devia pra ele.

Peço um café ao garçom.

— Esse mano é problemático ou, como você costuma dizer... — Faz uma pausa. — Um cara todo tramado. — Ri ao telefone. — Eu ia te dizer de novo pra esquecer desse cara, mas te conheço bem.

— Terá notícias minhas.

Um gole de café e abro na página limpa antes do primeiro poema, tem uma dedicatória. Para Alice, leio em voz alta. Ora, ora, afinal o tal Cocoricó não é tão solitário. Deslizo à próxima página, "O livro sobre nada" como título. Rio, os mesmos versos, o mesmo poema declamado no bar. Viro para a seguinte, "Cada lugar na sua coisa". Não preciso ler o poema pra saber de onde vem, Sérgio Sampaio. Sorriso derrete. Mais uma pra conferir, "Eu quero que você morra", leio os primeiros versos. Sim, lembro, mas esqueci. Título no Google, sim, isso mesmo, música de Silvio César. Impossível o livro todo ser assim. Outra, "As dores do mundo", porra, Hyldon. Página à página, minha indignação: o livro é composto por completa (des)autoria de Hélio, são poemas e composições musicais de outras pessoas. Mortos esquecidos e vivos desconhecidos atualmente. Pela massa ao menos. Eu não posso acreditar, de indignado, fico maravilhado, o que toma forma e transforma o meu rosto, sorriso volta, que vira riso fora dos lábios, que ganha som para ouvidos vizinhos.

— Genial — digo em voz alta.

Nas páginas finais, uma surpresa: "Torna ao inumano ter a morte pra si", e embaixo palavras sem quebras de linhas, prosa longínqua, opinativa. Hélio, ensaísta? Segue uma séria análise em mergulho à decadência da renovação do caráter, de como a longevidade é prejudicial ao ser humano por ter mais tempo a ser ruim, "drogas alongam a qualidade de vida para uma maior degustação do que pior a espécie tem a oferecer". Muito toca sobre a redenção ser a fantasia ocidental — ser perdoado por nunca ter tido tempo de procurá-la.

Seu maior deleite é dedicar um extenso espaço à combustão ligada ao título, que perambulamos portando uma foice como a tal famosa e inventiva dona Morte a fim de fazer morrer tudo ao redor (trabalhamos como terceirizados ao serviço da morte), inclusive escolhendo o que ou quem vive e morre, sem exclusão a nós mesmos, e que ainda assim fracassamos ao ter o toque do divino às mãos por não contarmos com as mãos do restante, bons ou maus, guerra constante.

Conclui o raciocínio com "juízes, decidimos trocar o que se sabe de passado a um futuro que nunca viveremos". E encerra o texto com uma inverossímil não dedicatória em forma de apóstrofe, "e você, Almirante Castros, vai acabar sem prover fim". Não é a qualidade questionável das argumentações que me chamam a atenção, é o local, Almirante Castros. Nome no Google, pequeno bairro ou vila ou sei-lá-o-que que beira estrada no interior, região Sudeste de São Paulo. Remete a um lugar ao qual já passei, parei num posto ou padaria ou conveniência. Interior do interior do interior, mas não longe. Aproximo o livro ao rosto, espirro. O nome do bairro ou vila ou sei-lá-o-que me soa interessante e importante. Cocoricó é quem escreveu esse ensaio? Ele é de lá?

— Garçom! — digo e levanto da cadeira. — A conta, por favor.

## 16

— Isso é lindo, mas de uma forma triste. Depressiva, pra ser bem sincera — digo.

A melodia lhe escapa entre os dedos, se arrastando pra fora, ou melhor diria, se debatendo em si mesma numa fenda aberta que não procura cura ou meios de se fechar, zanza consigo como moscas antes de jantar.

O apartamento antigo é grande como todos do centro de São Paulo. Malconservado, paredes úmidas e mofadas, chão de taco encardido. Móveis e estofados de estilos variados que não se combinam, dão a impressão de terem sido coletados em um brechó, talvez vindos da rua ou doados para não irem ao lixo, que é o mais provável. As repúblicas de amigos universitários são mais arrumadas.

Retiro os acessórios verde-floresta-tropical dos braços e pescoço; as unhas listradas, pintadas às pressas nas cores da bandeira irlandesa, se mantêm firmes. Enxugo os cabelos e aperto a toalha contra o corpo por cima da roupa. A pancada de água nos alcançou na metade do caminho. Não é longe do bar onde nos conhecemos, mas bastou dez minutos para ficarmos encharcados.

— Acho que vou precisar de uma toalha extra só para a cabeça.

Desprende-se do velho órgão marrom-mel e se levanta da banqueta deixando um rastro molhado sobre o estofado, vai para o cômodo ao lado.

— Toca bem, você que compôs? — Aumento a voz para que ouça lá de dentro.

Não responde.

Na pequena estante de cubos de arame abarrotam-se pilhas de livros. O braço do sofá de dois lugares faz as vezes de suporte pra que não caiam. Resvalo os dedos sobre as lombadas de cada volume (algumas estão decompostas, dando a ver partes desunidas). Detenho a mão sobre um dos calhamaços.

— Você tem uma Bíblia, não te imaginei religioso.

O poeta traz consigo uma toalha e a põe sobre minhas mãos, caminha até o toca-discos, que está apoiado sobre outros cubos do outro lado da sala; vinis dão lugar aos livros.

— Só por ter lido a Bíblia significa que sou religioso? Já sei o que você vai pensar de mim ao encontrar o *Manifesto comunista* aí no meio.

Jogo a toalha usada sobre a cadeira e começo a enxugar os cabelos com a seca.

— Bem, talvez, mas entendi seu ponto.

— O ser humano é complexo, há mais camadas além das que a gente vê.

Sento no sofá.

— Concordo, só que esse tipo de coisa abre para interpretações.

Está de costas, escolhe um disco entre os tantos.

— Havia muitos outros — ele informa e encaixa o disco abaixo da agulha do aparelho. Fica parado, esperando a música começar. — Prefiro interpretações mais profundas do que a dedução simplória. Por que analisar se alguém é xis se pode procurar alcançar o que a levou a ser ípsilon?

— Interessante raciocínio, acho que muitas brigas ideológicas se dão por isso, um e outro se taxam sem ao menos saber a fundo o que aquilo significa.

— Exige muito trabalho conhecer alguém a fundo, e a maioria nem liga pra isso. A autossuficiência impede dedicação ao próximo, o "eu" prevalece.

Toca "Águas de março" na vitrola.

— Que previsível você, optou por essa música por estarmos em março e estar chovendo?

Me dá seu primeiro sorriso. Um meio sorriso, mas o primeiro.

— De novo está sendo superficial e julgando por cima.

— Esqueço que estou falando com um poeta-barra-pianista, para quem tudo há algo mais profundo. — Sorrio e gesticulo em sinal de imponência. — Então vai, me diga o grande significado de pôr essa música.

Abre o armário da cozinha. Retira uma garrafa de uísque (uma marca barata de supermercado) e a despeja em dois copos.

— Por que não me diz o que você acha? — Vem na minha direção com o braço estendido e me serve a bebida. — Mas procure sair do raso.

Pego o copo e ele se senta na outra ponta do sofá de três lugares, deixando o assento do meio vago. Brindamos e tomo um gole.

— Certo, vamos lá. Então eu já sei que é março e está chovendo.

Confirma com a cabeça, esperando a continuidade.

— Me lembra o ditado "se está na chuva é pra se molhar", o que fizemos há pouco.

Inclina em concordância.

— Significa que precisamos enfrentar o problema já que não há outra forma. Diferente daquele outro ditado, "gato escaldado tem medo de água fria", a gente tem que entrar de cabeça no meio do dilúvio. Estou certa?

— Tente ver por esse ângulo — ele diz. — Você está aqui. — Estica a palma da mão próximo ao próprio rosto para exemplificar. — É uma etapa e você respondeu. Reflita um pouco mais e tente aprofundar a sua afirmativa, agora sem ditados, use suas próprias palavras. — Fixa os olhos e permanece com a mão esticada pra sinalizar o nível da minha reflexão.

— Bem, a chuva significa se lavar, limpar a alma. Março está no primeiro trimestre do ano, podendo assim ser o começo de um ciclo. — Ele me olha com expectativa. — Então essas águas significam a preparação para algo novo.

Um sorriso e leva a mão para um nível abaixo, em frente ao pescoço, pra mostrar que alcancei profundidade.

— Agora tente mais um pouco — desafia.

O assunto me anima por não ter um diálogo desses há muito tempo, é o que está propondo. Não pensa muito na filosofia da vida porque faz mal pra saúde, minha mãe dizia. Eu a ouvi. Acostumei a deixar as reflexões pro meio da madrugada, bêbada. Na verdade, elas surgem espontaneamente e nunca funcionam, estragam meu ânimo e me fazem voltar pra casa deprimida. Olho pro copo de uísque.

— Tudo bem, prepare-se que agora eu vou mergulhar bem fundo.

Arranco as sapatilhas e fico de pé no sofá pra deixar a inspiração transbordar.

— Faltam poucos dias para o fim de março, para o fim do verão. As águas que caem simbolizam o encerramento da estação, uma despedida ao nosso eu interior, que ficará pra trás pra sempre. Embarcamos rumo à nova fase da vida onde tudo é desconhecido. Banhados pelas gotas da esperança é possível sobreviver. Não apenas sobreviver, e, sim, viver, esse verbo exige se adentrar nas etapas que estão sempre próximas, logo ali. Temos que percorrer essa estrada até um outro mês de março, em mais chuvas, de novo e de novo.

Sorri e, com a palma estendida, lentamente desce até tocar o chão indicando que alcancei o nível mais profundo. Em comemoração eu me curvo, agradecendo a minha única plateia por assistir a meu desempenho. Seu rosto é retraído, tem a pele mais rígida que o normal. Sei lá se é pelo sol, não deve ser, tem cara de mal atarefado, de quem passa o dia dormindo. Quero tocá-la, me contenho.

— Viu como é possível aprofundar uma visão quando se dedica um pouco?

— Eu adorei fazer isso, era mesmo esse o significado de você ter colocado a música?

Estica o pescoço pra terminar o resto do copo, se levanta para ir à cozinha novamente.

— É só porque eu gosto da música mesmo.

— Eu não acredito que me fez pensar nisso sendo que não há significado algum.

— Aí é que está. — Despeja o uísque no copo. — O que importa é o significado que você mesma dá, não necessariamente deve ser o mesmo que o meu. Senão um anula a experiência do outro. Um artista vomita em sua obra o que está sentindo ou então experiências particulares. Quem vai ler, ouvir, assistir, seja lá qual é a criação, é quem decide o que representa pra si mesmo, o público absorve o que achar relevante, e muitas vezes inconscientemente. E ponto. Isso é o importante, isso é arte. Saber o real motivo que levou o artista a criar aquela obra? Pra quê? Não é o primordial, e tudo além é apenas fofoca. Muitos artistas não contam o que os levaram a tal criação exatamente por isso. Acima de qualquer coisa, querem que as pessoas experienciem uma perspectiva original e própria, desejam que essa chance não seja desperdiçada.

Volta com seu copo cheio enquanto ainda estou no primeiro. Senta no mesmo canto do sofá, e eu faço o mesmo no meu. Ele continua:

— Não importa quantas vezes seja falado mesmo com toda essa droga de explicação, a curiosidade que move o ser humano o faz vasculhar as verdadeiras intenções do artista, as fraquezas que levaram àquilo. Querem tudo explicadinho, mastigado, o que querem mesmo é a fofoca. Ninguém mais fica sozinho pra pensar, estou na rua e o que mais vejo são pessoas com fones de ouvido pra se isolarem de si mesmos, ninguém para pra refletir sobre algo por mais de cinco minutos. Vai chegar o dia em que todo mundo será obrigado a passar mais tempo com os próprios pensamentos e esse vai ser o caos da humanidade.

O homem meio calado do começo da noite saiu de cena. Penso se sua fama de introspectivo não é devido ao mundo falar sobre coisas que não o interessam. Desde que o assunto passou a ser mais pessoal, ele ficou mais participativo. Não se encaixa na descrição que minhas amigas da faculdade, que já o tinham visto nos bares, relataram. Alcancei a profundidade da qual ele citou, estou interessada em saber como ficou desse jeito.

Pulo para o lugar vago no meio do sofá.

— Eu gostei disso — digo —, com uma visão dessas, nós aprendemos a aproveitar um momento com muito mais intensidade.

— Quando se vê mais poesia na vida abre-se também uma porta de mais sofrimento. Eu odeio que isso soe trivial, lugar-comum, papo de bêbado em bar, é o jeito estúpido das pessoas desvalorizarem os argumentos reflexivos. O mundo não dói sozinho, divide o fardo com todos os que se importam, e malditos quem os são. Mas se abster no irreal me figura a um avatar ilógico sem a dimensão da própria existência, da permanência, muitas vezes com vida longa o suficiente pra se tornar um pária a si mesmo, afinal.

Dá um gole no uísque, sério, e eu sorrio. Delicadamente, coloco meu polegar no canto de seus lábios, enxugo a gota que restou. Deixo a mão para sentir os pelos mal aparados entre os dedos. Tenho a breve sensação de que ele é qualquer um menos quem eu tenho cravado à vista, não sei o que significa e disso surgem cócegas no estômago. Rio até gargalhar.

— Qual é seu nome mesmo?

— Hélio.

Mal responde e eu o beijo.

# 17

— Amélia, olha só quem está entrando — digo indicando a porta com a cabeça.

Espantada, quase cospe a cerveja ao se engasgar.

— Eu não acredito. O que elas tão fazendo aqui?

* * *

— Pronto, aqui virou o clube da terceira idade com mais essas coroas.

* * *

— Até elas vieram e nossos netos não, vô Zélio, que desaforo.

— Foram pra zona sul comemorar o tal Saint Patrick's Day.

— O que que é isso?

— Dia de São Patrício.

Ela bota a mão no queixo, levanta os olhos e fuça bem lá do fundo.

— Conheço todos e nunca ouvi falar desse santo.

— É de fora, eu acho, amor — digo.

— Que lindo os nossos netinhos na missa sexta de noite.

* * *

— Rafa, aquela no meio das velhacas não é a Ratinha? — Ri no mesmo instante.

— Pode crer, ela mesma. Nem com um batonzinho e vestidinho brilhante ela consegue ficar bonita, esconder aqueles dentinhos.

* * *

— Vamos embora, tá todo mundo olhando pra gente. — Dona Inácia se encolhe, nervosa.

— Você nem deveria estar aqui pra começo de conversa, buçanha. — Tia Elsa, como sempre, e seu vocabulário erudito de palavrões.

Dona Inácia, dona Álvara, tia Elsa e eu, estáticas em frente à entrada, notamos olhares atentos vindos de dentro do salão comunitário do bairro, comandado pelos integrantes da Paróquia Nossa Senhora do Povo. Toda sexta-feira há um evento temático pra reunir a vizinhança. A confraternização dessa noite está sob os cuidados dos saudosistas da Jovem Guarda (tema que se repete todo mês). Como de costume, boa parte dos moradores de Almirante Castros está presente. Jovens, idosos, até crianças são trazidas aqui. Nada mais é que uma quermesse com bebidas, pastéis e minipizzas.

Arquitetado com o objetivo de animar dona Álvara, o plano de tia Elsa teve início em tirar a viúva de casa a qualquer custo; logo passou a incluir o "encontrar um macho pra sobrinha". No fim da tarde foi necessário arrastar nós duas para cá. A tia não esperava que eu fosse convidar dona Inácia ao toparmos com ela descendo a Ladeira do Penteado, o que me resultou ouvir seu vocabulário sujo por vinte minutos. Mesmo com as desavenças entre as duas, tive pena de deixá-la de fora ao presenciá-la preocupada sobre o estado de saúde de dona Álvara (viu a ambulância na última noite). Com bem menos afinco do que tia Elsa, dona Inácia também não é muito querida pela redondeza, sua língua afiada já propagou injúrias sobre cada morador de Almirante Castros. Eles ainda mantêm prosas de frente de portão com dona Inácia pra se atualizarem dos disse me disse. É bom ambas mudarem um pouco a rotina juntas. Tio Zé se ofereceu a tomar conta do Mateus para virmos à festa.

Saímos pela manhã, a tia e eu, acompanhando dona Álvara na busca de um novo vestido. Um que não fosse cor de enterro como os de seu guarda-roupa. As andanças pelas boutiques da avenida Bandeirantes não surtiram efeito em seu entusiasmo, mesmo as de moda evangélica.

— Não tem nada a ver comigo — dizia.

E a tia, em estado colérico, se empunhava contra:

— É de crente, então compra.

E não se interessou por nada. Tia Elsa a pressionou até ela provar os vestidos coloridos, curtos e longos, nada a agradou. Nem precisou se contrapor, era nítido em seus olhos. Acabou levando a contragosto um azul-céu-claro-estrelado com rendas. Trouxe leveza à sua aparência, somente ela não conseguiu enxergar isso. Tristeza arranca a beleza das coisas e custa demonstrar que são seus olhos te traindo. Então a gente empresta os nossos pra ajudá-la a prosseguir. Compramos um gloss brilhante pra realçar os lábios e também um sapatinho poá cobre-luz-da-manhã. Dona Álvara está fascinante, muito mais do que eu que tenho a metade de sua idade. Uma pena não estar se sentindo assim, encara o salão como se estivesse indo pra forca.

Nenhuma de nós já esteve nessas festas antes e, pelos semblantes, todos sabem disso.

— Vamos pegar uma mesa — comanda tia Elsa.

A decoração antiga de papel crepom colada nas paredes está desbotada, mas não impede de deixar o salão bem colorido. Há canhões de luzes e também um globo prateado girando no centro do teto sobre a pista de dança. As mesas enferrujadas, com certeza emprestadas dos botecos da avenida, estão espalhadas e revestidas por toalhas de tê-êne-tê, também em cores diversificadas. Tenho a impressão de estar num túnel furta-cor.

Tia Elsa recusou meu pedido de usar um vestido. Veio de camisão laranja-suco-natural estampada com flores claras e calça acastanhada de malha fina. Nada que já não use no dia a dia. Já dona Inácia veio com um longo branco-ofuscante com hexágonos espalhados pelo tecido. Realçou e combinou muito bem com a pele negra. Deixou solto os cabelos curtos e crespos, nem se parece com a vizinha lavadeira que nunca tira o lenço que os prende, muito menos o avental. Eu não comprei nada para usar hoje à noite. Achei melhor guardar o dinheiro que tenho para os remédios do tratamento de tia Elsa, que está evitando o assunto desde que saímos da clínica médica. Comunicou que não iria tomar nada do último receituário médico para poder morrer com dignidade. Conheço essa teimosia, está preocupada em gastar o pouco que ganho, de partir e deixar tio Zé e eu na pindaíba. Isso está lhe tirando o sono. Então recusa qualquer comentário ligado ao câncer, nem mesmo me deixou contar ao tio. Com tudo isso, eu resolvi usar algo que já tinha em casa. Um vestido antigo, um que nunca cheguei a usar. Lantejoulas pratas-cinquenta-centavos e reluzentes. Comprei na época da colação de grau do ensino médio. Desisti de usá-lo no último momento, desisti até mesmo de ir ao evento. A quem eu queria enganar, não tinha amigos no colégio, não tinha com quem comemorar. Naquele dia, ao saber da minha decisão, tia Elsa fez um bolinho pra que não passasse em branco. Ouvi depois seu cochicho com o tio, iria me coagir pra festa, mas teve receio de eu ficar ainda mais triste por estar em um lugar onde ninguém fazia questão da minha presença. Isso não mudou com o passar do tempo.

— A gente precisa encher a cara essa noite. — Tia Elsa estava animada.

— Você é a única pinguça daqui — dona Inácia contesta.

— Hoje todas nós vamos beber — tia Elsa insiste. — E vê se faz alguma coisa já que está aqui, estrupício. Pega a primeira rodada pra gente.

Acuada, dona Inácia segue até o caixa pra comprar as fichas de bebida. Ao pegarmos uma mesa com quatro cadeiras, reparo que dona Álvara permanece a observar o ambiente.

— Botem um sorriso nessa cara que depois nós vamos dançar.

— Dançar? Não, não, não, não, não, não — dona Álvara é a primeira a negar.

— Eu também não quero isso não, tia — me adiantei em dizer.

— Todas nós vamos ferver nessa merda de festa. Esfregar na cara dessas biscates que a noite é nossa. — Aponta o dedo para todos os lados.

Dona Inácia surge com duas garrafas de cerveja e quatro copos americanos empilhados. Tia Elsa bate palmas, feliz.

— Primeira vez que você faz algo direito, buçanha.

Pega a primeira garrafa e despeja em cada um dos copos. Dona Álvara encara o seu com um certo repúdio.

— Vamos, peguem seus copos e vamos brindar.

— A que vamos brindar?

— Cada uma brinda por alguma coisa — tia Elsa responde levando a bebida ao centro. — Eu brindo pela vida, que seja eterna enquanto dure.

Apresta um sorriso frouxo, me deixando entristecida. As outras não fazem ideia do que quis dizer com isso.

— Eu brindo pela família que nos resta — digo.

Tia Elsa mantém o sorriso e pisca pra mim.

— Brindo pela nossa amizade — dona Inácia diz.

— Comeu bosta, mulher? Que amizade?

Batem boca enquanto dona Álvara se refugia no silêncio, olhos fixos na cerveja. Lentamente, agarra o copo e o levanta.

— Por aqueles que nos deixaram.

Olhares de ternura. A expressão mostra uma dona Álvara tensa e sufocada com uma pontinha de esperança acesa. Juntas, batemos os copos uns nos outros e bebemos. Tia Elsa ainda bate sua bebida na boca da garrafa e auspicia:

— Pra que nunca falte cerveja pra gente!

Dona Inácia mal coloca a cerveja na boca e a cospe no chão. A tia demonstra sensação de prazer e bafora o ar gelado. Após o gole, me sobe a vontade de vomitar. Dona Álvara é a única que vira todo o copo na boca. Faz careta de quem não aprovou o sabor.

— Caralho, é assim que eu gosto, caralho.

Dona Álvara se levanta, balbucia algo inaudível, faz uma pausa tomando ar.

— Preciso ir ao banheiro.

## 18

Porta entreaberta. Através da fenda estreita, eu vejo Hélio debruçado na pia encarando o espelho. Num instante, estávamos nos beijando no sofá e, no outro, ele me tira de cima dele e corre para o banheiro. Cogitei que pudesse ter bebido demais e ter passado mal, mas rejeitei a hipótese. É forte com o álcool.

Antes de checar se está bem, eu escoro na parede para vê-lo. Ali se projeta uma cena qualquer tirada de um filme cult superestimado: um canastrão alcoolizado em estado de decomposição, de traços fortes que só não estão tão marcantes porque não deve comer uma refeição decente há meses. A mandíbula e o queixo são os primeiros a serem chupados pra dentro, ainda assim não está longe dos encantos modernos, o feio como novo bonito. Os olhos permanecem intactos, e inibem, são nele o que mais chamam atenção. Transparecem num ar selvático e imprevisível. Influenciado pelo brilho parco da lua, reluzente da janela, um lado de seu rosto está tomado pela escuridão. Arrepiante e ao mesmo tempo um belo quadro pintado à mão. Eu realmente gostaria de saber no que ele está pensando.

— Ei, poeta, está tudo bem? — Deslizo até tocar a abertura da porta.

— Só preciso de um minuto, nos sirva mais uma dose.

O tom ríspido me faz deixar o corredor do banheiro levemente constrangida. A escuridão engole o restante de sua imagem, que se conserva em frente ao espelho.

Abro os armários da cozinha e logo vejo a grande quantidade de destilados, um bar dentro do apartamento. Intrigada, averiguo a geladeira e encontro cervejas. Ainda curiosa, noto a enorme lata de lixo no acesso para a varanda. Dou uma espiada para confirmar se continuo sozinha e, sem sinal da presença de Hélio, puxo a tampa do cesto. Há muitas garrafas despejadas. Receosa, guardo a garrafa de uísque de anteriormente e pego duas long necks.

Percebo que a música parou, e o disco ainda lá, girando no aparelho, girando e girando inutilmente sem a agulha tocá-la.

— Eu vou trocar o disco. — Ergo a voz. — Alguma sugestão?

Sem uma resposta, decido eu mesma escolher algo da estante.

Vários vinis expostos, e aleatoriamente puxo da pilha para ver a autoria. Mutantes, Caetano Veloso, os sucessos de Pepeu Gomes e Baby Consuelo, Elis Regina, João Gilberto, Elza Soares, outro da Elis Regina, Jorge Ben Jor, Di Melo, um tal de Lô Borges. Alguns eu nunca ouvi falar. Enquanto vislumbro os álbuns, um atrai a minha atenção. Solto até um risinho disfarçado. Na capa do disco há um homem de cabelos compridos, até os ombros. Deitado, faz pose sobre um tecido claro que se estende ao fundo. Além de uma expressão cômica, veste um terno rosa-pelúcia e também um salto cintilante da mesma cor. Para completar o figurino, gargantilha e pulseiras cromadas e um anel azul-coração-do-oceano enorme em cada um dos dedos médios, combinando com a camiseta por baixo do paletó. Eu não poderia imaginar um homem tão reservado e obscuro gostar de um cantor desse estilo. O encarte é assinado pelo nome João Ricardo (com uma florzinha no final), que faz parte dos artistas aos quais nunca ouvi falar.

— Acho que já fiz minha escolha.

Tiro o vinil com delicadeza e troco pelo que estava no toca-discos.

Ajeito a agulha pra tocar desde o início. Alguns segundos de espera e o som se inicia com uma flauta doce num tom dançante.

É uma baladinha animada que logo se intensifica. Lembra precisamente o fado.

O vocal começa no mesmo instante em que o poeta surge na sala. O jeito acelerado de cantar as palavras parecem sincronizar com seu olhar endurecido e penetrante. Não entendo o motivo, mas, a discrepância entre a canção melódica e seu rosto sério, que continua com a metade da face engolida pela escuridão do corredor, me enfia numa crise de riso.

O impulso espontâneo me faz cair sobre o tapete, o que agrava a gargalhada, juntamente de gritinhos ritmados saindo pelas caixas de som.

— Eu ia dizer que foi uma ótima escolha, mas pela sua empolgação nem é preciso.

— Me desculpe. — Tento me recompor ainda rindo. — Não sei o que houve comigo, mas posso dizer que adorei essa música.

— Me conte o que a fez rir assim.

— Não faria muito sentido, eu acho. — Minha voz gaiteia por tentar me conter.

— Tenta.

Reúno os pensamentos.

— Por uma fração de segundos, seu rosto substituiu o do cantor nessa capa. E ele, a sua. Você vestindo esse terninho… — A risada aumenta. — Isso não faz sentido algum.

Sorri com o canto da boca.

— Não é à toa que esse disco do João Ricardo ficou conhecido como "Disco Rosa", seja lá a graça que essa cor possui.

— Com sinceridade, eu não esperava que alguém como você gostasse de algo assim.

— Te disse anteriormente, as pessoas são complexas demais para serem julgadas pela capa, que, aliás, foi o que houve com esse disco em 75, quando foi lançado. — Senta no sofá com o encarte do álbum nas mãos. — Julgaram o conteúdo desse disco como duvidoso justamente porque a capa os repeliu.

— Eu não conhecia esse cantor.

— Certamente você já ouviu falar de Secos & Molhados.

— O grupo do Ney Matogrosso? Já sim.

— Na verdade, o detentor dos direitos da banda era o João Ricardo. Junto com Ney e Gerson Conrad, integravam o grupo, a formação clássica, a qual não durou muito tempo por desafeições entre eles.

— Foi aí que ele lançou esse disco?

— Isso, o primeiro disco solo de João Ricardo. Não foi um fracasso de público, mas houve muito investimento e expectativa devido ao histórico do grupo, o que não aconteceu. Provavelmente pela capa provocativa, ainda mais naquela época de repressão. Mesmo a gravadora alertando sobre isso, ele seguiu em frente.

Termina a explicação com um silêncio. Levanta e vai até a vitrola. Delicadamente, com o dedo indicador, levanta a agulha e troca de faixa. Violão, acordes chorosos dedilhados. Volta, junta suas mãos com as minhas o mais suave que pode e depois me aperta contra seu corpo. Nos balançamos lentamente conforme a melodia. As mãos, agora entrelaçadas nas minhas costas, me apertam ainda mais, assim como seu pescoço sobre meus ombros. Não machuca, conforta. Embalamos na quietude após o vocal soltar versos em tons melodramáticos.

— É uma pena, sabe — ele diz —, quando a barreira da superficialidade nos impede de ver um pouquinho além. Perdemos uma grande chance de nos aprofundarmos nos sentimentos e emoções da humanidade. É o fardo do ser humano.

Não sei bem aonde quer chegar, o que quer dizer. Fico na dúvida se está realmente falando do álbum, mas passo a admirar ainda mais sua sensibilidade. Ao se virar pra mim, percebe que estou tentando acompanhá-lo. Retorna à realidade.

— Há um fato bem visível nesse álbum, se você reparar bem, já que conhece o Ney, parece que essas músicas foram compostas para que ele cantasse, e não o João Ricardo. Há muita influência de Secos & Molhados nas canções, claro, afinal o João foi quem escreveu a maioria delas, mas é inevitável perceber que os tons são para a voz do Ney. Há ainda alfinetadas em algumas canções para os ex-integrantes, que saíram brigados. É fascinante como o que perturba um artista pode se transformar em arte.

Percebe que está sem a cerveja na mão. Estava tão focado na reflexão que esqueceu de beber. Solta minhas mãos, pega a long neck e dá um longo gole.

— É incrível como eram bons individualmente — ele continua —, mas eram ainda melhores juntos. Mesmo assim os trabalhos solos foram influenciados pelos trabalhos do grupo, como se cada um deles fosse a musa inspiradora de si próprio. E isso perdura pelo resto da vida.

— Você gosta mesmo de Secos & Molhados.

— Não é só a música, é o contexto e o que o grupo representou. Eles enfrentaram a sociedade quando ela era bem mais engessada. Foi uma revolução musical e também de quebra de tabus e de liberdade, entre outras tantas coisas. Considero como a marca de transpasse a outro nível, um tão alto que tem tom etéreo.

Fica ainda mais claro que aquele poeta impenetrável, falando somente o essencial no começo da noite, já não é o mesmo e nem se parece com aquele do palco quando declama poemas, vejo diferenças, a inclinação na densidade não é similar, agora, aquela performance me soa banal, nada verdadeiro. No fim, talvez o afastamento social seja para poder mergulhar em si mesmo antes de nadar em qualquer pessoa por aí. Nunca ouvi alguém ter tanta convicção sobre algum determinado assunto, não sobre a banda em si, mas sua história, o que está na margem. Nunca tive uma conversa como essa. E isso é legal, é bem legal.

— Vamos, me conte mais sobre isso.

# 19

Está paralisada em frente ao espelho há alguns minutos. Diria ser meio maluca, sei que não é. É aquela senhora que perdeu o marido há algumas semanas, que mal saía de casa, poucas foram as vezes em que a vi pelas ruas. Após entrar em luto, então, é que desapareceu. Coitada, a cara flácida não é só da idade, não, é puro sofrimento. Perder alguém quando se é velha não deve ser fácil, gratidão por estar longe dessa miséria, de ir se acabando em modo acelerado.

Ao seu lado, também de frente ao espelho, eu a vejo reparar suas pestanas caídas, olhos abatidos, meio sem cor. Parece tentar enxergar além de seu rosto. Muito além, acredito eu. Agora desliza a palma da mão sobre o rosto. Suavemente, sentindo as ondulações das rugas na pele desbotada. Talvez esteja se sentindo semelhante à minha avó, que ouvi dizer uma vez: não vejo o reflexo de quem realmente sou. Falava por já ser velhinha e ver um corpo carrancudo ao invés da jovem de vinte e poucos anos que o tempo engoliu. Essa pobre mulher aparenta se martirizar da mesma mazela. Procurando não sei quem, mas qualquer outra que não seja essa criatura que a encara no espelho.

Quase borro a boca de vermelho-tesão enquanto retoco a maquiagem por espiá-la pelos cantos dos olhos. Está desatenta quanto a minha presença, vislumbrando seus lábios murchos e limpando o restante de gloss com um guardanapo de papel. Estendo a mão oferecendo meu batom. Olha e entende o que estou sugerindo. Com um sorriso singelo, pega e agradece. Volta a se olhar e se atrapalha ao manuseá-lo. Gesticulo a deslizá-lo pelo lábio inferior para depois, com o superior, ajeitar em espalhá-lo.

Segue as instruções.

— Ficou maravilhosa — elogio.

Guardo o batom na bolsa e sigo até a porta. Antes de cruzar a passagem de volta para o salão, dou uma última espiada e a vejo sorrir para o espelho.

* * *

— Gente, será que a Álvara tá bem? Tá demorando demais pra voltar — eu digo.

— Cala a boca, mongoloide. Deixe a mulher cagar em paz.

— Dona Inácia tem razão, tia. Será que ela não passou mal com a bebida?

— Claro que não. Nem cachorro passa mal com um copo de cerveja.

Dou mais uma bicada no copo e Álvara reaparece. Saiu da mesa desesperada, como se fosse vomitar ou chorar. Agora está sorrindo.

— É bom dar uma aliviada, né?

— Como assim?

— Não dê bola. Elsa tá falando muita asneira desde que você saiu.

— Fique quieta, sua anta, e encha o copo da Álvara.

Álvara balança a cabeça em afirmativa.

— Já, já, nós iremos rebolar a anca ali no meio — Elsa informa e, em seguida, olha para os lados. — Mas seria bom se viesse uns machos tirar a gente pra dançar.

— Os homens daqui são todos frouxos. Experiência própria — digo.

— Experiência própria? Você não vê uma pistola há anos, vá.

Álvara e a sobrinha de Elsa tentam disfarçar um risinho.

— E o velho do seu marido que não deve conseguir fazer mais nada com você — retruco.

— Ele até tenta, mas eu é que não quero encostar naquele pau murcho. — Elsa gargalha e nós a acompanhamos.

Mesmo com nossas implicâncias, estamos nos dando bem. Acredito nisso porque, entre todas as diferenças, temos algo em comum que é ainda mais forte: somos velhas e sozinhas. Na verdade, a sobrinha de Elsa ainda é jovem, mas é a que tem o espírito mais velho entre nós, é a mais solitária. Nunca a vi com um grupo de amigos. Não é à toa que está com um bando de velhas numa sexta à noite. Vai ser uma solteirona e vai ser mais feliz assim. Ninguém merece se juntar com um traste e depois sofrer por ele ter ido embora.

Tive uma gravidez de risco aos quarenta e sete. Foi um choque, jamais imaginei ser capaz de gerar um filho nessa idade. A senhora tem uma fertilidade incomum, ouvi do doutor. Antônio estava de passagem por Almirante Castros, não ficaria muito tempo. Um homão de meia-idade, bem-apessoado, lindos cabelos grisalhos penteadinhos de lado. Era engenheiro, ou algo assim. Nos apaixonamos, aquela era a chance de abandonar esse bairro de vez. Iria embora com ele pra nunca mais voltar, esquecer tudo de ruim que aconteceu comigo aqui. Nem imaginava que reviveria um período de tanto sofrimento. Pouco mais de um mês depois do início dessa paixão, descobri que estava embuchada. O medo tomou conta de mim, mas a felicidade era tão grande que acreditei estar numa maré de sorte, uma segunda oportunidade de ter uma família. Engano meu. Contei ao Antônio sobre o bebê, que me revelou ter família constituída em Goiás. Esposa e filhos. No dia seguinte descobri com os colegas de trabalho dele que antecipara o retorno ao lar. Nunca mais o vi. Mateus completou doze e pergunta pelo pai desde os quatro. Sempre respondo que foi atropelado e agonizou por horas até morrer.

— Eu adoro essa música — Álvara diz ao tocar uma balada animada.

*Lá, lá lá lá lá, lááá.*

— Qual é essa?

— Quando fica excitada assim é música do macho dela.

— "Todos estão surdos", do Roberto.

Um estalo e logo me recordo de Álvara tocá-la em sua casa. Tocou e tocou e tocou. Até peguei birra do Roberto Carlos de tanto que ouvi suas músicas saírem de lá.

— Então levanta essa bunda ossuda e vamos lá dançar — Elsa diz para Álvara e depois se vira pra todas nós: — Não vamos esperar homem nos tirar pra dançar porra nenhuma.

Elsa se adianta e é a primeira a levantar. Mesmo relutante, Álvara também abandona a cadeira. A sobrinha de Elsa, corada de vergonha, fica de pé. Não gosto de quase ninguém nessa festa, assim como detestam Elsa, eu sei que não gostam de mim. Fico sem vontade de dançar e deixar alguém me ver.

— A buçanha tá esperando o quê? — Elsa lança a ironia. — Você também vai ter que mexer essas pelancas lá na pista.

Sorrio.

— Quer saber? Vocês estão certas. Se não gostam de mim aqui, eu vou dar ainda mais motivos pra não gostar. — Eu me levanto, jogo os cabelos pra trás e ergo a cabeça. — Vamos rebolar até nos expulsarem daqui.

Elsa ri:

— Assim que se fala.

Há pessoas no centro da pista e todas nos observam sem disfarçar. A animação fica relutante com os braços imóveis e os ombros curvados pra frente. Não só eu. Elsa é a única a não se importar, queria saber como consegue ser assim.

A roda se forma, uma de frente para a outra. Elsa se mexe desengonçada, a sobrinha ri, paralisada. Álvara persevera, que a tirem dali. Nem de longe é aquela Álvara que já vi dançando no meio da sala, a mesma música, aliás. Somos nós mesmas apenas quando ninguém está olhando, pelo menos quando achamos não estar sendo vigiadas. Fazia diversos passinhos de forma tímida, mesmo sozinha, mas se propunha a dançar. Também tenho essa dificuldade. Sempre tive. Teve início quando era pequena, opressão dos meus pais, continuou na juventude pelo medo de meu marido me achar vulgar. Foi embora apesar disso, o primeiro homem da minha vida a ir. Levou junto meus dois filhos. No fundo sabemos que devemos ser quem nós somos, é o que ouço falar. Quem dera fosse assim anos atrás. Os valores eram outros e, olhando agora, é difícil deixar isso desaparecer, mesmo com as coisas mudadas, ou mudando. Por que é tão difícil se adaptar? No caso de Álvara e no meu não é somente timidez. Fomos induzidas a isso e demorei a perceber. Até hoje tenho dificuldade em aceitar. Talvez seja este o segredo de Elsa: não pensar nos julgamentos.

Tentando seguir o exemplo, mexo os braços. Não sou espontânea, copio os passinhos que vi Álvara fazer em sua casa. Rodopio as mãos e lanço o braço para um lado, alternando depois para o outro. Soo ridícula por não lembrar direito. Álvara me olha, e não sei se é porque reconhece a coreografia, mas sorri. Acompanha com palminhas. Leva pouco mais de um minuto para nós quatro estarmos descoordenadamente nos mexendo juntas.

Não demora muito e notamos Álvara ser cutucada no ombro. Gira o corpo pra descobrir quem é, me viro junto. Dos cabelos volumosos e lisos, mechas branca-orgulhosas sobem pelas costeletas esbranquiçando os fios, deixando o topo meio nevado. Veste um paletó preto-gente-importante sobre a camisa. De porte quase atlético e jeans apertado, apesar de semigrisalho, provavelmente está na casa dos cinquenta. As fisionomias lembram o traste que me deixou, o segundo. Álvara é uma velha bonita, mas entre tantas mulheres como eu, mais novas, escolhe ela pra conversar?

Cochicha ao pé do ouvido de Álvara. Está ruborizada, dá a impressão que vai desmaiar. Elsa e a sobrinha se animam com a cena. Poucos segundos de flerte e deixam a nossa roda, vão para um canto distante do som.

— É hoje que a Álvara vai foder — grita Elsa.

— Acho melhor a gente tirar aquele cara de perto dela, mal acabou de ficar viúva — digo.

— Tá louca, ô encalhada? Se chegar perto daqueles dois eu arranco seus cabelos.

Elsa continua bebendo e dançando e sua sobrinha se aproxima de mim:

— A senhora já viu aquele rapaz por aqui?

— Nunquinha, nem aqui e nem em lugar nenhum.

— Ele não parece ser daqui.

De longe eu avisto a expressão furiosa de Álvara. Diria puta da vida, na verdade. Sua reação à conversa com o belo rapaz me assusta. Logo escorrem lágrimas pelo rosto e corre em direção à saída do salão. Elsa e a sobrinha são as primeiras a se apressarem pra verificar o que houve. Corro junto por osmose.

— Seu imprestável, o que que você fez pra ela? — Elsa o empurra contra a parede.

Acuado, nos olha preocupado.

— Eu não fiz nada, ela que saiu correndo no meio da conversa.

— Álvara ainda não está preparada pra flertar com ninguém — falo.

Ele me encara.

— Flertar? Eu não estava flertando com ela.

— Que caralho você tava falando pra ela, então?

— Eu perguntei sobre seu enteado, Hélio Braga. Foi aí que ela fugiu.

## 20

Dias nublados me deixam com saudade, não de algo que vivi, me entristeço por quem se entristece pela saudade que o cinza-passado o traz. Pra mim é apenas mais um dia nublado, pra alguém é uma vida que deixou pra trás. Não vou viver nada parecido com isso, até queria, mas tenho preguiça de me envolver. Tem de manter distância a quem ama pra haver remanso, pra se existir bem.

— Coei o café, tá pronto — minha esposa grita da varanda da casa ao lado.

Jogo minhas mãos para o céu.

— Obrigado pelo quê?

* * *

— Cala-te esta matraca — eu grito da rua. Seu Cido cede e some, que de habitual brita as tréguas toda manhã com bobagens sem fundamentos, imbecil.

Parto à rua Ramalhete (a mais importante do bairro), uma quebra adentro da avenida Bandeirantes. Compomos dos mais reputados domiciliados de Almirante Castros; o burgo dos centenários. De forma ordinária, nos intitularam de rua das flores murchas, o que não condiz à beleza nata que ostentamos. Da esquina à outra, os números das casas iniciam do cento e um e é onde cada ilustre do conjunto cipreste se encaixa; dona Frésia, de cento e um, mora na primeira casa, seu Antúrio, de cento e dois, mora ao lado juntamente de dona Estrelícia, de mesma idade, dona Margarida, de cento e três, mora na casa cento e três, dona Gardênia segue coladinha à sua direita na casa geminada, seu Lírio, cento e quatro, numa saúde de dar inveja, ocupa a casinha cento e quatro e prepara a mudança ao aniversário em poucas semanas, e a cada um lhe cabe o direito de se deslocar à moradia que respectivamente convenha à idade. As casas à frente seguem todas ocupadas. Eu, recém-centenária, moro na casinha cem, o número separativo à esquina anterior da rua Ramalhete, onde tudo acontece. Espero minha vez ao belo jardim.

— Pare de sonhar e vai pra casa, dona Maricá — seu Cido grita da varanda ao reaparecer. — Você é o espinho e não a flor.

* * *

Acordo nua no sofá, coberta por uma manta felpuda da qual não lembro estar sobre mim ao dormir. A lembrança misturada ao álcool da noite passada vai surgindo aos poucos. O poeta sentado e escrevendo em seu caderno no outro sofá. Foram ao menos duas vezes durante a madrugada em que abri os olhos e o vi concentrado nas palavras.

Olho pela sala e estou só.

Há um bilhete sobre a mesa de centro, bem em cima da capa do álbum do João Ricardo que ouvimos ontem. Enrolo e prendo a manta ao busto pra cobrir a pele, me estico pra alcançar o pedaço de papel rasgado. “Obrigado pela noite”, e logo abaixo há algo escrito em tamanho menor: “Leve o João e divida essa dor com outros quantos puder”.

* * *

— Aquele não é o mendigo que sempre vinha aqui?

Dalila se aproxima pelas pontas dos pés, o rabo de cavalo balançando aos saltinhos.

— O próprio, eu que lhe servi o café, fingi que já tinha sido pago por um cliente anterior, igualzinho aqueles vídeos fofos de gentileza do Facebook feitos em cafeterias nos Estados Unidos, acha que ele acreditou? — Ela para pra pensar. — Eu devia ter filmado a reação dele, né, Neuza? Mostrar que no Brasil também existe gente boa.

— O que tanto ele escreve no caderninho?

— São desenhinhos pintados de preto e branco, não são palavras, bem ruinzinhos, por sinal. — Ri.

Há muito não aparecia na padaria. Das últimas poucas vezes, não pedia nada, só ficava sentado, olhando pela janela e entrelaçando uma caneta e um cigarro entre os dedos. Notei que surgia só em dias de chuva, talvez fugindo da rua pra não se molhar. Seu Oliveira me ordenava a botar pra fora, não-consome-não-senta, dizia. Não botava, espanar mendigo feito sujeira é semileito certo no Inferno, quero Céu.

— Ele mal tá encostando na xícara. Ingrato — diz Dalila.

# 21

— Dona Leomar tá ocupada batendo massa — o marido grita da janela que dá para o portão da rua, entro mesmo assim e não sinto cheiro de farinha, muito menos calor do forno pré-aquecido, estranho, saio à procura e dou-me com ela no quintal, agachada, de espátula em mãos e bandeja cheinha de massaroca de cimento.

— Cruzes, marido pra quê? — digo.

— Tô ocupada, dona Bina, o que quer?

Batem palmas ao portão.

— Dona Leomar tá ocupada batendo massa — o marido solta novamente.

Por muito uma solteira-vencida, dona Leomar ouvia da vizinhança que um dia acharia um felizardo. A tal queria alguém, um amor, tomou como objetivo, uma obrigação. Um dia a senhora encontra um felizardo, repetiam diariamente, e procurou tanto que conseguiu: casou com o seu Felizardo, da rua debaixo.

— Taí o resultado, um faz-nada — digo.

— Como? — pergunta enquanto remexe a massa de um lado pro outro, e um jovem magrela surge da porta lateral que vem da cozinha.

— Oi, senhoras, algum mantimento pra dar?

— Moro aqui não — respondo.

— Me ajude com os matinhos da calçada — dona Leomar diz.

— Queria só o mantimento mesmo, obrigado.

— Vai cair o mundo — digo e eles olham pra cima. — Não estou falando de chuva, é dos homens desse bairro, e é o assunto que vim tratar, dona Leomar, dona Álvara tá namorandinho, homem jovem.

— Seu Tinoco foi mais rápido, dona Bina, passou mais cedo aqui — diz com a massa pulando de lá pra cá.

— O que tá acontecendo com os homens desse bairro? — Levanto a voz.

— Algum mantimento, dona?

— Aquele matusalém também contou que já tiveram a primeira briga?

— Contou sim, dona Bina.

— Contou que todo dia dona Álvara toma chuva de propósito na frente da casa dela?

— Sim.

— Nenhum arrozinho, feijãozinho?

Batem palmas na frente da casa.

— Dona Leomar tá ocupada batendo massa!

— Contou que ela penhorou colar e par de brincos na sucataria do Bastião?

— Sei disso há dias.

Uma jovem magrela de boné aparece ao quintal.

— Tiago, tá parado por quê, pegou nada ainda?

— Tô esperando, amor.

— Que imprestável. — Ela se enfurece. — Tem mantimento pra dar, dona?

— Pega um macarrão na despensa ali dentro — dona Leomar responde.

— Tiago, um imprestável mesmo, não faz nada direito — diz e caminha pra cozinha.

— Vai cair o mundo — digo, e todos olham pra mim. — Estou falando da chuva dessa vez.

* * *

Existe um prazo de validade nos seres humanos. Cada vez mais eu me convenço disso. Talvez a gente nem perceba quando acontece, mas em algum momento o corpo continua se movimentando e a alma nos abandona. Alma, ou qualquer outra coisa que nos valide perante a nós mesmos. Chega uma hora que só resta desprazeres, dores nas articulações, ossos se rompendo e órgãos em decomposição. Há casos em que isso ocorre quando o corpo ainda está enrijecido, no auge da mocidade. Você encontra o desprazer e fica só esperando o resto do pacote.

Há alguns anos eu acreditava que a aposentadoria viria com a longevidade de uma vida tranquila. Só quando percebi que a tia Elsa não era aposentada, que já era de idade e vivia reclamando de não ter feito nada da vida é que descobri o quanto estava errada. Acredito que se um dia eu alcançar sua idade, terei feito menos. A tal da genética dessa família não deve ser boa. Dona Álvara também entra nessa lista. Não vai ter paz até que esteja debaixo de sete palmos, e ela é a mulher mais tranquila que conheço. Ou era. Nascemos sabendo que a morte está fuçando nosso lixo a todo momento e mesmo assim nos surpreendemos quando ela aparece.

Na última noite, dona Álvara se trancou em casa após correr do homem que a abordou. Insistimos para que nos deixassem entrar. Passou pela nossa cabeça que poderia se encher de remédios de novo. Gritava de dentro que queria ficar sozinha, que estava bem. Fomos obrigadas a aceitar e ir embora. Avisamos que voltaríamos pela manhã logo que o sol nascesse. O sol não apareceu, mas pelo relógio já está de pé, escondido em algum lugar atrás do negrume do céu. Estou de saída, à espera de tia Elsa para acompanhá-la. Espero. E espero. Geralmente é ela que aguarda pelos outros, irritada e impaciente. Ao procurá-la no banheiro eu a encontro debruçada no vaso com respingos de sangue pelo chão.

# 22

A chuva açoita o paralelepípedo, castigando árvores, cachorros de rua, insetos, telhados e farra meninil. Debaixo de um toldo puído pelo tempo, escrito Sacolão da Terezinha, abrigados e espremidos um no outro num escuro mais escuro que o do céu, a senhorinha estende o braço pra fora do esconderijo, deixa a pele enrugada e manchada pelo sol exposta à água.

— Aquela rua ali depois da ladeira, moço. Casa 73.

Não presencio uma tempestade tão forte há tempos, o que não condiz com a tranquilidade entre os residentes ao meu lado. Repercute aqui como uma garoa corriqueira, só que não é o que realmente vejo. Contêineres de lixo são arrastados ladeira abaixo pela água que escoa nas bocas de lobo, que na verdade já não dão conta dos metros cúbicos. Nem por isso o jovem descalço e sem camisa do outro lado da rua deixa de lavar o carro em frente à sua casa. Mangueira numa mão e esponja em outra, esfrega a lataria numa tranquilidade que Gandhi invejaria. No estabelecimento ao lado, o de letreiro Açougue & Papelaria (que mais se assemelha com um bar), um velho de cavanhaque grisalho e com as pernas esqueléticas cruzadas e repousadas ao lado de uma mesa na calçada dá goladas numa cerveja enquanto assiste ao trânsito que se formou na avenida principal.

Os olhos em Almirante Castros são habituados às desgraças.

Aceno em agradecimento. Comprimo o tronco do corpo, trago o colarinho do paletó o máximo que consigo para cobrir a cabeça e apresso os passos na direção indicada. Uma olhada para trás, sou assistido pelas expressões mudas que deixei cobertas pelo toldo.

Enxergam o que querem ou como ouviram dizer. Bairro pequeno de interior é um mundo paralelo, mais reduto do que a própria cidade. Interior do interior. O que se ouve é a verdade soberana até a chegada de uma nova verdade ainda mais suja. Vence aquela que mais estiver disposta a se aproximar da mentira. Pouco importa o seu receptáculo, eles são todos iguais. Apenas o que difere é o propósito, mas que mira sempre no seu próprio bem. Bairro pequeno de interior é a sopa primordial da humanidade.

Encharco os sapatos enquanto caminho na incerteza do que dizer. Um desculpe não resolve, muito menos um eu preciso saber. Nem sei o que houve e me desculpar nesse escuro soaria cônjuge culpado implorando redenção. Soar pretensioso também faria mal, sairia daqui mais confuso do que quando cheguei. Só saberei o que dizer quando estiver de frente pra ela.

O ponto mais baixo da ladeira de paralelepípedo não é muito íngreme e se estende por quase meio quilômetro, a partir daí é que muda o cenário até o cume, na tal rua paralela onde Álvara mora. O bairro foi edificado sobre morros que não pretendiam se tornar alojamentos, mas que não tiveram outra escolha quando o homem cursou algumas matérias de engenharia civil. Só que Almirante Castros cheira à gambiarra, um bairro teste que não teve êxito. Algumas das casas têm estruturas que me fazem questionar as leis da gravidade por ter um ou dois ou até três andares a mais sobre um alicerce projetado para térreo, que pelas paredes ainda no reboque a partir do primeiro andar certamente indicam construções extras em casas antigas. Das sopas primordiais espalhadas em todo canto, desta saiu o brasileiro.

Com dificuldade na locomoção morro-a-cima-chuva-a-baixo, alcanço a última rua no topo e, prestes a virar à direita na paralela, olho pra baixo por um momento e sinto estar sobre uma cachoeira que se derrama pra inundar e devastar a pequenez das vidinhas ali, só que os rostos que refletem na água são de gente impune à vil ameaça de uma simplória força da natureza. Um relâmpago abre uma fenda no escuro e se queixa que o pior da tempestade está por vir. Só agora enxergo que o morro se estende ainda mais para o alto. Acabam os paralelepípedos e se alonga um barranco que logo dá vez para a mata fechada coberta por neblina onde não dá pra enxergar fim. Alargo os passos. Sessenta e sete. Sessenta e nove. Setenta e um e pronto, número setenta e três. Um terreno sem portão, acesso livre pela frente e todo margeado por um quintal seco e amarelento de terra batida com poucos volumes de grama espalhados que se esmagam pra despontar de um solo impermeável, incapaz de chupar a água que cai. A casa é uma ilha em meio à secura. As paredes molhadas acentuam a cor indefinível de tinta misturada à cal da área externa, um azul-nada, um amarelo-tímido ou um verde-vômito-opaco. De nada adiantaria usar a cor como referência, talvez o motivo maior da senhora me indicar apenas o número. Em frente à porta, ainda sem palavras. A reação de Álvara é que irá demandar minha contrarreação. Cinco toques.

Encaro os olhos escuros que se encontram aos meus em silêncio.

Abandonado à porta aberta logo após a breve pausa dos entreolhares, de corpo enrijecido que continua a se molhar, vigio a mulher de longo cinza-o-mesmo-céu-de-agora e cabelos presos sumir na escuridão do cômodo à direita da cozinha. Levo instantes pra decisão de dar o passo adiante sobre o baixo degrau que divide a caverna e o mundo exterior. É o único movimento ao qual me atrevo. As trevas do interior abrandam a língua das perguntas que deseja se escancarar. O aroma de café fresco vindo do coador de pano sujo e os intervalos lentos de gotas para dentro do canecão repartem a atenção com a fresta de luz da geladeira aberta do lado oposto.

Segue de volta com uma grossa toalha aveludada e enrolada no meio das mãos, entrelaçadas contra o peito. Entrega. As trocas de palavras ficam somente entre a chuva e o solo. Acena para que eu entre de vez e me sente junto à mesa da cozinha. Recolhe o canecão fumegando de cima da pia e despeja uma porção sobre uma xícara estampada de flores azul-rosadas e também numa outra com bolinhas verde-algas-refogadas. Logo após, derrama todo o restante em uma garrafa térmica bordô-roxeada. Prenso a toalha contra o rosto e deslizo acima até alcançar a nuca para absorver o máximo de água dos cabelos e parecer mais apresentável. Procuro os mínimos de movimentos possíveis com o intuito de ser pouco notado, como se ela não pudesse me ver com total explicitação à sua frente. Sem surpresas, a feição impressa é de estar tão acuada quanto eu. Somente agora me dou conta que a porta que dá para rua está aberta, mesmo com a chuva pesada e os respingos encharcando o capacho da entrada. Cogito por um instante ser um sinal de socorro aos vizinhos, de que há algo errado ou de que pode acontecer, mas logo aniquilo a ideia. À frente está o barranco e a mata fechada, nenhuma casa ao lado tem visão para a parte frontal da residência e dificilmente alguém vai caminhar pela rua com essa tempestade. Tento formar alguma frase, algo que a tranquilize caso minha análise seja imprecisa, e só consigo repetir a ação com a toalha.

— É a primeira visita masculina em décadas.

— Como? — pergunto surpreso sem entender.

— Não recebo homens desde meus dezenove.

— Então é por isso que você atendeu a porta?

— Eu atendi porque ouvi você chegar e bater.

Sorrio, e só então percebo que não foi uma piada. O entusiasmo está do lado de fora, que vê com serenidade a chuva cair. O que foi dito não passou de um pensamento em voz alta, jamais nasceu como conversa de elevador pra quebrar o silêncio. Na verdade, parece gostar da ausência de diálogo, o incômodo que havia detectado não é igual ao meu, à procura de palavras. A procura é pelo silêncio.

— Essa é a melhor vista dessa casa — continua.

Fala sem sequer me olhar. A divagação faz referência à água além da porta. Sua casa fica no alto de uma colina e, deduzindo pela altura, a janela dos cômodos do fundo dão para uma boa vista aérea do bairro. Olho pra trás. A visão que se tem é uma rua com remendas no asfalto e suja de terra avermelhada que escorre do barranco.

— É muito bonita mesmo — digo sem pensar.

— Me desculpe por sair daquele jeito ontem.

— Com sinceridade, não entendi bem aquilo.

— Agora estou composta pra ouvir o senhor.

— Eu é que desejaria ouvir se não se importa.

— Não sei se ficou claro como posso ajudar.

— Queria ouvir da senhora sobre Hélio Braga.

Força os joelhos e se levanta apoiando as mãos na mesa, não me encara e vai até o vão da porta. Admira mais de perto a vista que comentou lhe agradar, se inclina de volta para mim.

— Não tenho muito a dizer, nem se está vivo.

— Garanto que está, pois eu o vi há dois dias.

Pelo espanto ao receber a notícia é que percebo os pulmões cheios de ar e o pescoço tenso e recolhido, sinal de quem tem muito a dizer e pouca vontade de fazê-lo. Ajeita as costas para maquiar a recente descompostura e o esforço de esconder a reação.

— Se o viu recentemente, não entendo a visita.

— Me interessa o passado dele, não o presente.

— Até nisso não tenho certeza se posso ajudar.

Reina o silêncio, um silêncio que compreendo bem. Sou um incômodo, como de fato já havia percebido. Mesmo com a polidez no tratamento, a porta aberta é convite para não me demorar. Deixo a toalha úmida sobre a mesa e me levanto, indo ao seu encontro até a entrada. Abre espaço para eu passar e cumprimento desculpas pela vinda inesperada.

— Como ele está lidando com a notícia da morte do pai? — O brado vem quando já estou no meio da calçada, debaixo da chuva. Está corada e aflita, e agora sei que esse é o verdadeiro convite para eu entrar.

# 23

— É o caaarro do ovo, ovos fresquinhos, ovos rosados, veeeem dona de casa. — Para em frente de casa.

Olho o relógio do celular, sete e dezessete, sábado, chuva forte. Viro para o outro lado.

— É o caaarro do ovo, blá blá blá — digo junto com a repetição dos alto-falantes. Olhos fechados, esperando ir embora pra desligar a consciência. Olho o relógio, sete e vinte um e ainda parado, maldito, comprei uma única vez e me tornei refém pro resto da vida, três dias na semana, maldito. Quase posso ouvir uma risada aqui em frente. — É o caaarro do ovo — repito.

* * *

— Vai embora, inferno! — a tia grita do banheiro em direção ao vendedor de ovos, intercalando os resmungos a mim, aos quais afirmam estar bem.

Eles não fazem com que eu me afaste do chão e do vaso lamacento de sangue. Antes mesmo que eu pudesse fazê-la levantar ao encontrá-la, regurgitou outro quinhão maior do que o primeiro. O tio veio em socorro, só que a teimosa já estava de pé por conta própria. Limpou o queixo escorrido e pressionou a descarga com pressa pelo pânico de vermos a quantidade de vômito; já tínhamos visto. Fizemos com que se sentasse na beira da cama, simulou que o mal-estar foi apenas a nossa imaginação. Uma vez eu li em um livro que existem cinco fases sobre a nossa resposta à morte. A primeira, se me lembro bem, é a negação. É a que faz mais sentido no começo, na qual o paciente terminal ou mesmo aqueles que enfrentam um luto se sentem contrariados com a ideia de topar com a perda. Não que a tia esteja com medo de partir, ouvi muito seu desejo de passar dessa para a melhor, e quase sempre afirmou que, no seu caso, o melhor seria o pior. A negação aqui soa mais em se resignar e não transparecer para o tio e para mim que sua hora vai chegar em breve assim como apontam os exames. Ou talvez, sabendo que de fato está doente, a realidade abriu-lhe a perspectiva de encarar o inevitável, que a morte não é mais aquela ideia distante. O abismo muda as pessoas, só não tenho certeza se ele é forte o suficiente para desestabilizar os desmandos da tia.

Termino de limpar as manchas e tia Elsa se levanta com a intenção de ainda visitar dona Álvara. Tio Zé a faz sentar e, contrariada, ela agarra o braço do marido; quem senta de dor é ele. É a velha e enferma mais forte que eu já vi, ou é o tio que consegue ser ainda mais fraco.

— Bota a mão em mim de novo que eu corto seu pinto murcho fora.

— A senhora não pode sair, tia, ainda mais com esse tempo — digo.

— Se sobrinha me parar, eu arranco essas muchibinhas aí também.

O segundo estágio sobre reação à morte, de acordo com o livro, é a raiva. Decido não bater de frente com a tia, presumindo que incitar um estresse maior fará ainda mais mal à saúde dela. Pega a sombrinha e coloca embaixo do braço. Sigo atrás, ignorando de cabeça baixa os olhares cerrados de reprovação.

— Ai de você se comentar com a Álvara sobre os vômitos que eu não vomitei.

* * *

Encaixo a chave, a porta anda sem nem precisar girá-la. Detecto que o cheiro forte que sentia ao subir as escadas vem daqui. "Como nossos pais", de Belchior, está no volume máximo do aparelho de som. Garrafas jogadas por todos os cantos, os discos esparramados sobre a mesinha de centro. O lixo não foi tirado, e parte dele decora a louça suja na pia da cozinha. Sobre o fogão está o causador do odor: a cabeça torrada de um leitão numa travessa de alumínio inteira queimada. Ainda há fumaça presa dentro do apartamento. As janelas não foram abertas.

Não vai ser por falta de aviso, outra viagem, outro incidente. Sigo para o quartinho dos fundos (que era da empregada), sem mais favores, enfim. Pelo vão entreaberto, mais bagunça. Abro a porta por completo, cadernos e muitos papéis rabiscados sobre a cama, páginas e mais páginas de livros, sublinhadas e arrancadas, outras várias garrafas e latas vazias. Na desordem, o que mais chama a atenção é Hélio comprimido ao chão, de cócoras e apenas de cueca, chorando compulsivamente.

# 24

Acontece como da primeira vez: a toalha no cômodo dos fundos, acenos para eu me sentar, o volume de café na mesma xícara e ele, o que de melhor foi oferecido, o silêncio. A diferença é o tom mais alto que grita pelas beiradas e escapa como assobio de uma chaleira, revelando que o interior está no ponto a ser servido. Toma fôlego, desiste. Tenta novamente.

— Ele é o que me restou, e nem sei direito o que isso quer dizer.

— Então é o único elo familiar que sobrou à senhora?

— Não posso dizer que sim, muito menos que não. Em que lugar eu entro? Se é que entro ou quero entrar de fato. Ele não tem mais família, assim como eu. Uma esposa sem marido, um filho sem pai, permanece nesta terra só o fardo em retomar esse vínculo.

Um lapso instantâneo me faz apreciar através da porta da cozinha a chuva que cai. Cogitei tantos desfechos na cabeça, mas nem de longe imaginei isso. Não sei o que realmente esperava encontrar. Salvá-lo de si mesmo? Escrever uma matéria, descobrir a verdadeira história dessa lenda urbana de São Paulo? Matar uma curiosidade?

— Talvez tenha sido um erro vir incomodá-la.

— No fim eu fiquei feliz pelo incômodo.

O sorriso é doce, em nada faz lembrar a agonia que vi anteriormente. Só agora me deixo ver através das rugas que a cobrem, que também não são tantas pela idade que deve ter. Quanto? Quinze, vinte a mais do que eu? Deve ter sido ainda mais bonita quando jovem. O retrato antigo pendurado na parede certamente não é dela. Os rostos são bem diferentes. Não há ao redor nenhuma outra moldura que prove minha teoria. Contenho a vontade da indiscrição.

— Esperava encontrar respostas, mas nem sequer pensei direito nas perguntas — digo envergonhado. — Vim esperando que me dessem de bandeja todo o passado de Hélio e não levei em conta as histórias paralelas, como a sua.

— Como o senhor me encontrou? Não me refiro à minha casa, aqui as pessoas gostam de falar, e sim em Almirante Castros. Pergunto por afirmar ter trocado poucas palavras com ele.

— Ah... — Retiro do bolso do casaco o livro escrito por Hélio (ou quase isso) que comprei no sebo, não ficou muito molhado pela chuva que tomei e sigo: — Hélio mencionou o nome do bairro em um texto deste livro. — Abro e aponto com o dedo a respectiva página. — Arrisquei a vir deduzindo ser este mesmo local por imaginar não existir um outro Almirante Castros por aí.

Encara como se nunca tivesse visto nada igual.

— Foi ele quem escreveu?

— Sim. — Rio. — Ou melhor, mais ou menos, não sabia que ele é um grande poeta, famoso pelas ruas de São Paulo? — Rio um pouco mais.

Coloco sobre suas mãos. De início Álvara se retém tensa, deixando fluir os músculos aos poucos, assim como vai soltando pequenos intervalos de suspiros.

— Aliás, ele dedicou o livro a Alice. Quem é?

— Irmã, falecida.

Diz, vidrada nas páginas velhas, folheando ora amargurada, ora aturdida. Se não sabia da existência do livro é sinal de que não se falavam, idem com o marido. Não fico surpreso, São Paulo é reduto dessa gente, fogem pra nunca mais voltar. Quem optaria por ficar num bairro como esse? Não é à toa os poucos jovens que vi aqui.

Popularizou-se a expressão de ser melhor sofrer em Paris do que onde se está; São Paulo é a Paris que se tem às mãos.

Batem à porta já aberta às pressas e se deixam entrar. São duas das três mulheres da noite anterior, a mais nova e a mais idosa.

— Chuva da porra — diz a mais velha e me vê. — Ei, mas esse traste teve a pachorra de voltar?

— Está tudo bem, dona Elsa. Juntem-se a nós em um café.

— Eu já estava de partida mesmo. Deixarei as senhoras a sós.

— Vai mesmo, embuste.

Levanto e deixo as toalhas sobre a cadeira.

— Não ligue, ela é superprotetora.

— Eu preciso ir embora mesmo, tenho que voltar a São Paulo.

Encabulada, Álvara estende o braço pra me entregar o livro enquanto suas amigas se acomodam nas outras cadeiras. Eu o pego, olho bem para a capa, devolvo.

— Fique com ele, acho que vai gostar.

Ainda mais encabulada, agradece.

— Espere — ela diz já se deslocando. — Vou te emprestar um guarda-chuva.

— Não se preocupe, meu carro não está muito longe.

— O senhor vai pegar estrada com essa chuva?

— Não se preocupe comigo. E obrigado pelo café.

Entro na chuva e caminho. Uma espiada pra trás e continua na porta. Livro na mão. Vê-la assim me faz recordar da estrofe final do único texto escrito de fato por Hélio, no qual conclui o raciocínio exemplificando a historinha que traz àquela mulher, a que espera a morte na porta de sua casa depois de tanto desejá-la. No fim, ela se sente rejeitada por ter que viver pra sempre e não se dá conta que não foi rejeição, apenas foi esquecida pela morte.

# 25

Vem lá de longe, chegando, chegando, virando a esquina, *Hosana, hei!, Hosana, ha!*, o manto verde-amazônia ao alto, chacoalhando a mil braços, *Hosana, hei!, Hosana, hei!*, uma floresta andando pelas ruas, *Hosana, ha!*, chegando. Parada, com duas sacolinhas plásticas de mercado cheias de lixo, vejo a procissão que logo alcançará minha casa. À calçada, ajeito os restos na lixeira redonda de metal, aramada em forma de rosas abertas (que no momento cheiram dejetos alheios), fincada ao cimento do chão. De novo a vizinha anda invadindo meu espaço, minha lixeira e minha respiração com a sua podridão.

— Bom dia, Clementina — diz do portãozinho da casa ao lado, balançando seu raminho.

— Domingo de Ramos de novo, então?

— Queria estar ali. — Ela se refere à procissão. — Acordei tarde, entende né?!

Ouvi barulhos contínuos de dentro de sua casa pelo menos duas horas antes da missa começar, enfim, sussurro para os lixos largados da vizinha.

—Sabe o que fiquei sabendo? — dona Astúrias fala, o raminho bem ao alto, olhando para a procissão que se aproxima, fingindo não ter dito nada. Eu finjo nada ter ouvido e me achego ao seu lado no portão. Ela segue: — Um corretor de imóveis veio avaliar a casa de Álvara — diz e levanta o ramo para o céu, murmurando *Hosana, hei!, Hosana, ha!*, junto dos autofalantes do fusca azul-cor-do-céu-que-nunca-mais-vi que lidera o povaréu no cortejo.

— Ela vai embora de Almirante Castros? — Deixo o som escapar mais alto do que gostaria.

— Aí é que tá. — Dá um risinho. — A casa vale tão pouco que com o dinheiro da venda nem sequer conseguiria cruzar a esquina, assim como a gentarada ali da procissão o faz. — Dá mais alguns risinhos.

As nuvens pesadas me lembram de que o tempo de estiagem se fantasiou em algum tipo de miragem e não tardará a afugentar os fiéis passantes — ainda há alguma misericórdia. A poucos metros, vou reconhecendo os rostos por baixo da cobertura dos ramos. Acenos com a mão livre e conversinhas paralelas, hábeis como dona Astúrias na troca entre palavrear e cantarolar sem perder o ritmo. A anedota sobre dona Álvara me recorda de seu Euclides e dona Sandra, que preferiam ser chamados de senhor e senhora Medeiros Bittencourt, gente infeliz. Fugiam de uma capital qualquer em troca de vida pacata. Construíram o único casarão chique no bairro. Depois de pronto, levamos muitos meses pra ter alguma notícia do casal: desapareceram no dia da mudança, as autoridades afirmam que eles não encontraram o caminho de volta a Almirante Castros pela má sinalização das placas, o que é claro e entendemos ser proposital. A mansão ficou aí, abandonada e em ruínas, um Cavalo de Troia aos castrosnenses (autonomeação a quem de fato tem origem no bairro), para que diariamente contemplem suas limitações e se destruam por dentro, um aviso que a vida é isso, e fim. Sobra ainda a ironia de que drogadinhos que invadem a casa com frequência vivem igual ou melhor que nós com a vantagem de não varrer o pó que varremos. Há outro ponto em que me apego, asseguro na igual-dessemelhança entre o casal desaparecido e nós, moradores do bairro: todos deixamos ruínas para trás, só que algumas são superiores a outras e, no caso de dona Álvara, abandonar sua casa no meu espaço, na minha lixeira, na minha respiração é um escárnio que não poderia perdoar.

— Clementina, olha a ousadia — diz entre técnicas de ventriloquismo aos risinhos enquanto murmura a música e aponta o raminho para a casa do outro lado. Onde aponta é a casa em que vive seu Edgar, o antigo diácono, que preferiu se casar novamente ao se manter substituto à batina na paróquia, desde então não é bem-visto e sai de casa o mínimo possível. Sobre a mureta de balaústre da varandinha da casa, há um terço de pedrinhas enrolado numa pequena garrafa de vidro com água benta e uma imagem de Nossa Senhora Aparecida. — Deveria estar aí no meio do povo pra pagar por seus pecados — dona Astúrias diz, e seu raminho fica mais intenso pelo cortejo estar à nossa frente. Um olhar mais atento à varanda, à porta de correr ao fundo, há um ramo amarrado na grade horizontal por uma de suas longas folhas. No escuro ali de dentro, vejo a forma silhuetada ainda mais escura de seu Edgar, mãos dadas à nova esposa idosa, ambos com lábios no mesmo ritmo, *Hosana, hei!, Hosana, ha!*

* * *

— Os vizinhos se mantêm ocupados na velhice de suas encrencas, não são ativistas para nada, não se importam, dona Sula. Cansei, se lixam às causas nobres, olhe minha vida, completa ruína, estou no limbo do desgosto, dona Sula, mal tenho pompa pra gemada matutina. Já esses pares de varizes por aí, reumáticos, vivem torrando no bingo da igreja, e o pobrezinho do Mateus tendo que se divertir à custa dos brinquedos dos outros meninos, pior eu que nem isso posso, me divertir, mal lembro a última vez que sorri, não me ajudam, dona Sula, acabou chorare, ficou tudo pior porque nem lágrimas tenho mais pra derramar, sequei por dentro, nem essa tempestade toda umedece minhas entranhas, dona Sula. Dona Sula, se tem alguém que sofre sou eu, sou quieta, só observo, e as vizinhas nem aí pra mim, cansei, sabe.

— Feche essa matraca, Inácia — berro —, parece uma gralha, vá, me alivie a dor, voz ardida, vá, senão ainda tira o que de melhor eu tenho de saudável, desgraça, tolero isso não.

— Quer ouvir o que a Cassandra me contou?

— Ai, fia — digo e me amanso pra perto dela —, não foi por mal, é minha personalidade forte.

— Eu já vou contar — Inácia diz. — Ai, dona Sula, não tá fácil a minha vida.

# 26

A aguaceira tem me dado alguma dificuldade no manuseio do trabalho. Gente que nem eu, que tem que tirar leite de pedra, não pode se dar ao luxo de ficar em casa. Mesmo meu carrinho não tendo guarda-sol embutido como daqueles mais modernos, fiz umas gambiarras que não me deixam muito atrás. Num corre aqui, num corre ali, vou me virando. Dá até pra se acostumar. Botei um casaco da esposa por baixo do agasalhão de tactel impermeável e, ó, não dá nem pra perceber que estou usando roupa de mulher. Na rua não tem frescura. Mariana levanta às duas e põe no forno as massas que descansaram. Não perde tempo e já bate um bolo de cenoura, um de fubá, um simples e tem a novidade: um de coco, vamos ver se esse vende bem.

Às quatro eu já estou na rua vendendo tudo quentinho. O ponto preferido é esse, ao lado da estação Marechal Deodoro em Santa Cecília, santa que olha por mim e me ajuda no sustento. Paro meu carrinho, que já foi pipoqueira de circo bem lá no início dos anos noventa, e descubro sobre ela a lona azul-piscina-no-verão e o dindim vem. A chuva dá uma atrapalhada pra sacar as garrafas térmicas de café e chá mate, e também faz esfriar mais rápido os bolos e pães. Sei não se é pelo perrengue que veem a gente passar, mas é aí que vendo mais. Ou vai saber se o povo fica naquela preguiça em se demorar nas cobertas e não tem tempo de café da manhã na cama. Sapeco no comércio, me sinto até naqueles filmes Wall Street, altas transações. Clientela chove, como o céu, e logo depois escoam por aí de bucho cheio. Foda é quando alagam esses bueiros. Prefeito filho da puta.

Já vendi quase tudo. Coco foi sucesso. Em casa o moleque e a Mari vão arrematar o resto. A chuva deu um sossego, mas, pelo céu preto-cassetete-de-pê-eme, ela ainda volta. É hora de zarpar e aproveitar o mundaréu na calçada que segue pra República. Logo na esquina tem uns pivetes amontoados. Tão debaixo do Minhocão. Engomadinhos, juntos assim, não é coisa boa, não, e pelo corte de cabelo e uniforme eu até sei onde moram. Tem uns bairros chiques aqui pra cima. Chego mais perto e tão tacando pedrinhas num mendigo que está tentando dormir. Porra, num mendigo.

— Vão se foder, filhos da puta. Vaza!

Xingam de volta antes de correrem pra outra direção.

— Ei, irmão, tá de boa? — pergunto ao mendigo.

— Me ajude a levantar.

O cara está amarrotado num sobretudo encharcado com cheiro de mijo. Dou a mão como apoio, dobra os joelhos pra tomar impulso. Contorço o nariz e puxo o cara pra cima.

— Você tá fedendo, bicho.

— Tá vindo do papelão que achei pra dormir.

— Fedor de cu sujo.

— Já consigo andar sozinho, obrigado.

— Tá com fome?

— Não tenho dinheiro.

— Sem tempo ruim, irmão. Só vamos pro outro lado que a inhaca aqui tá foda.

A gente segue percorrendo pela rua ao lado da insistente escuridão provocada pelo Minhocão, uma avenida suspensa que se estende até onde os olhos não enxergam. O mendigo se esconde em seu silêncio, retraído, talvez envergonhado pelo futum que não ficou abandonado onde queria que ficasse. Não é só dele, afinal, esse abrigo que se alonga cortando o centro da cidade mais parece um condomínio, tem um morador-sem-casa a cada dez metros. Dividem o mesmo chão frio, tanto pra dormir como pra cagar, é tudo uma coisa só. Dá dó. Se não fosse a Mari a dar um jeito em mim ainda novo, estaria eu aí largado também. De quebra, ganhei um par de coxas que dá show em qualquer uma por aí. Não era obrigação dela me acordar pra vida, mesmo assim, ela escolheu ficar. Diferente do governo, que tem a obrigação de nos tornar um cidadão, só que opta pelo não. Governador filho da puta.

— Tem uma praça logo ali, vamos pegar um banco.

Paro o carrinho com as comidas do lado do canteiro e sentamos. Estamos rodeados de algumas poucas árvores, um pontinho esverdeado nessa praça de cimento. A ponte continua ao nosso lado, só que se rende à claridade por ser um pouco mais aberta. No centro há uma estátua cinzenta de um cara sobre um palanque cercado por duas mulheres mais abaixo. Pergunto se prefere comer primeiro o pão ou o bolo, responde que o que eu puder dar. Coloco um pedaço do pão e um do bolo de cenoura numa toalha de papel porque aqui não tem miséria. Pego um copinho descartável e a minha caneca, as encho com café. Estica o braço para brindarmos.

— Quem é aquele da estátua?

— Não sei, não.

— Vejo as fuças dele todo dia e não faço ideia de quem é.

Levanto e fico de frente pra ler o nome na inscrição. O rosto esculpido é de um homem idoso, e veste uma espécie de manto como dos discípulos de Jesus. Volto a sentar.

— Luiz Pereira Barreto — digo —, o u no Luiz é um vê e tem um dê em cima do nome.

— Talvez tenha sido um "Dom".

— Pela roupa era um cara da igreja, o que mais tem aqui é monumento de religioso.

— De militar também.

— É um bispo aqui, um general ali. Só rico tem a cara feita em mármore. Ao invés de botar na sala de estar da própria casa, botam na rua pra pobre ver e não esquecer que é pobre.

— Nem se deram ao trabalho de escrever ali o que ele fez na vida, como se fôssemos obrigados a saber.

— Porra, é isso mesmo.

Dá uma bela risada depois de ostentar uma carranca fechada. Todo mundo fica feliz com comida na barriga. Sirvo bolo de outro sabor e volta a me dar pena que um cara mais ou menos da minha idade esteja jogado na vala do esquecimento, rejeitado pela sociedade. Não que eu não esteja, não pago imposto sobre o meu trabalho porque não tenho nenhum tipo de registro. Trabalho sabendo que nunca irei parar. Podem arrancar minhas pernas e meus braços que não irei parar, não posso, não tem como. Enquanto respirar, estarei aqui na rua. Dizem pra gente guardar uma grana e investir. Investir o quê, campeão? Mal dá pra pagar as contas. Herança de pobre é deixar dívidas pros filhos, eles já estão no negativo dentro da barriga da mãe. Tem hora que acredito que mendigo é que está no luxo de não precisar pensar em contas. Dormem sobre a própria merda, só que não tem ninguém dependendo deles. Estão errados em ter uma vida num mundo paralelo? O país dá um passo pra frente e volta sambando pra trás num samba sem ritmo, sem farofa, sem alegria. É o fim de festa, o empurra-empurra da multidão pra sair do estádio, o para-brisa embaçado pela chuva e acúmulo de calor dos vidros fechados. Vai todo mundo junto sem saber pra onde, um lugar que nunca é bom. A vida é resistir.

— Obrigado por me ajudar.

— Se a gente não acolher os nossos, quem vai?

— Eu não necessariamente moro na rua.

— Tá todo mundo nessa situação porque todo mundo mora de aluguel. Não existe esse negócio de casa própria, fique um tempo sem pagar os impostos pra ver se não te botam na rua.

— Faz sentido.

— Essa fase vai passar, irmão. Vou pedir pra Santa Cecília olhar por você.

— Não acredito nessas coisas.

— Mas vai olhar mesmo assim, acho até que ela já se adiantou.

— Queria ter isso, acreditar com afinco, ter fé. Só que Deus teve outros planos pra mim.

— Não tô tentando te converter, não tenho igreja e nem dom pra isso. Se tivesse, você teria visto uma estátua minha em algum canto por aí. Eu tava na merda e me puxaram de lá. Foi milagre porque tinha tudo pra morrer, eu queria na verdade. Por isso falo, Deus tá na rua, irmão. Tá te cobrindo com papelão pra não morrer de frio, te vira pra não engasgar com o próprio vômito, te dá uma, duas, mais chances de sair do buraco que você cavou. Achava balela também, filme da Globo depois do almoço. Não tem que ter a mesma crença que a minha, vidas diferentes, tá ligado? Minha esposa ajudou, leu bastante pra mim. Acho que dá pra melhorar sozinho, só que com alguém do lado fica mais fácil.

— O pouco que tinha eu perdi.

— Eu me empresto pra você, comece por mim. Tô aqui, você me vê e quero teu bem. Cansei de ver corpo apodrecendo aqui na praça.

— Não confio em mim.

— As estátuas da cidade vão estar te monitorando por mim.

Ri, dá uma mordida no bolo e mastiga em silêncio. Eu pergunto:

— Sério agora, não tem ninguém próximo pra te dar força, alguém pra quem voltar?

— Falando isso aí você me faz pensar se não tem também outro tipo de entidade zanzando pela rua.

— Como assim?

— Esquece.

## 27

Ocorre um fenômeno estranho de tempos em tempos em Almirante Castros. Sai de casa, dá meia volta e nada. Vai pra Bandeirantes, olha pros dois lados, outros nadas. Espero pela benfeitoria de algum vizinho me pôr a par, atualizar, oro pra que cruze meu caminho. O vazio deixa claro que vai servir a mesa até poder entregar um pernilzão gordo e recheado, palavras que explodem da boca antes de terminar a frase. A secura debaixo da língua vem acompanhada de autopiedade, soa mesquinhez, só que nada tem tanta autenticidade, verdades acima do sol. A epidemia que se espalha de esquina a esquina toma tento, se coloca no lugar, que no caso é desconhecido. Inácia fecha as portas, se retira por não ter o que dizer e sobra até pro pobrezinho do menino. Acho que o aguaceiro atual deixa ainda mais um clima de trancafiamento, nada justificável pra um bairro como o nosso. Lembram aquelas vilas estranhas nos filmes, onde todo mundo se esconde pela ameaça à solta. Almirante Castros fica num estado alarmante, gente que tenta morrer devido ao tédio, mas não dura muito. Volta logo já que o mórbido apenas paira no ar por ser um preguiçoso. Serviço finalizado que é bom passa bem longe daqui. Sorte de quem partiu, enfim. Devem ter mais pra conversar do que tem por aqui no momento.

— Dia, dona Audácia.

— Dia, dona Pureza.

— Trouxe sua tigela.

Uma leve espiada pro lado, parece cordialidade entre o bem e o mal. Nunca deixei de duvidar que tem algo de errado por aqui. É difícil, sabe, conjecturar como se fosse de fora sem ser, buscar neutralidade pendido pro lado mais fraco. A gente nunca vai ter olhos pra análises corretas porque o correto tem uma perna a mais. Quem há de correr mais rápido?

— Essa tigela aí não é minha, não.

Os poucos que vagueiam saem sem muita esperança, só pelo prazer de uma prosa sem ser com a tevê ou os eletrodomésticos. Qualquer migalha já sustenta pra próxima refeição. Raramente asseguram de primeira o real objetivo, no íntimo, deduzem equívoco. Vizinhos manjados como eu pescam de cara, sem isca nem vara. A verdade é que a chuva não cessa e a água da rua acabou. Torneira seca, chuveiro seco, o registro ainda girando. Os banhos são as sobras dos baldes. Nesse serpenteio resta regurgitar os fatos mais recentes. A Delfina ainda não voltou da visita à filha em Itapeva. Nem deveria já que o seu Afonso encheu a Brasília com as tralhas da oficina e foi embora. Embora, embora não, mudou pra rua do lado no salão vago da Catarina. Não confirmaram se ela vai ou não cobrar o aluguel. Não vi mais dona Elsa, sumiu. A sobrinha dela ainda vejo pegar o ônibus pra faxinar, já a velha está enfurnada. Fato raro, só que ninguém chegou muito perto pra averiguar. Se morreu, passar bem, mas cramulhão não fica sem ar.

— E essa tapoer?

— Ela é sua, Pureza.

* * *

— Me vê uma branquinha com limão.

— Tá na mão, seu Toninho.

— Você tem giz de cera colorido também? A neta tá precisando.

— Ali na prateleira, do lado das folhas de almaço.

Pego o conjunto de doze cores que está embalado numa espécie de estojo de plástico. Ao lado tem um com vinte e quatro cores, nem sabia que existiam tantas assim. Devolvo e pego o jogo maior, netinha merece o melhor. Volto ao balcão e viro o copo americano num gole só.

— Deixa de ser miserável e capricha na próxima dose, moleque. Põe até o gargalo.

— O vô pede pra eu colocar até esse risquinho e não até a boca.

— Fala pro teu avô muquirana que sou cliente dele há quarenta anos e a dose sempre foi cheinha, até quase vazar. Aprenda isso com esse velho aqui.

Escolho a mesa da calçada e sento de frente pra rua. Dia cinza-desgosto de nuvens carregadas é perfeito pra molhar a gente por dentro, não com água. Dá uma esquentada quando desce pela garganta, faz lembrar que estamos vivos. Não que seja bom, pra mim é somente pelo prazer de beber. Despertar de manhãzinha antes mesmo do corpo ter descansado o suficiente, a fila da lotérica que dobra a esquina, a listinha de remédios diários, escovar dentes que não são seus e que muito menos estão na boca, pequenos alertas diários que de morto não temos nada. Provém daí um cheiro peculiar, raríssimo, uma colônia à base de bolor que não sai da roupa, que está impregnada na calvície. Tudo que serve de macete pra não esquecer que a vida traz responsabilidades e são cumpridas à risca por gente irresponsável, que, por teimosia e por vontade contrária, executa tarefas já que não tem outra escolha, porque não fazer é um caminho que de nada adiantaria, não mudaria o resultado. Não tem a ver com morte, tem a ver com vida. Algo ou quem que não está mais aqui comanda a existência, o que se seguirá a partir dela. O corpo se retira de cena e a repercussão se volta totalmente pra ela. A morte move mais a vida do que a própria vida. É como se o fator mais importante da presença é não estar mais aqui. Os loucos querem deixar um legado, sua história recontada por gerações, uma onipresença entre os elos que não se veem. Tudo quando o bom da vida é morrer. Na vida se sofre, e na morte? Se vive? Eu quero mais é viver, vai que morrer seja bom. Nosso prazer é o sofrer, é o quentinho incômodo da pinguinha na garganta, a dor do cheio depois do almoço de domingo, a sonolência na cama sem dormir. O gostoso da vida são os alertas de que vamos morrer.

— Tá aqui, seu Toninho, cheinho até a boca. Não conte pro vô.

— Aquele miserável vai saber que não tolero isso.

A Terezinha, dona do sacolão ao lado, surge no passinho manso pela calçada bem no momento em que termino de virar a dose.

— Tarde.

— Tarde.

— Me acompanha em mais uma?

— Tô esperando a Álvara passar aqui, sabe como é crente, né?

— Eu sou crente.

— Se chamar Antônio de Deus não te faz da igreja.

Dá umas olhadas pra trás. Sem o menor sinal da sua visita descendo a ladeira, aceita uma dose. Se conheço bem, será mais de uma.

— Cheinho até a boca, moleque — manda Terezinha, sem tirar os olhos da rua.

— O que deu na viúva pra sair de casa?

— Vem deixar uns tricôs, encomendei pra presentear dona Ana.

— Quantos anos?

— Oitenta e sete, saúde vai bem, obrigada — diz numa rápida viradela para fora.

— Deixa encomendado por mais dez anos, essa vai longe.

— Se seguir os passos do pai, vai mesmo. Seu Alcides faz cento e um mês que vem.

Toma a dose e espreita a ladeira. Nada. Sinaliza mais dois ao garoto e diz que com tempo chuvoso é necessário beber, pois sente muito frio. Ela veste blusa cavada e chinelos.

— A viúva tá firme nos recamos, dia desses a esposa pediu toalhas pra todos de casa.

— Ouvi que ainda não saiu a pensão pela morte do marido. Ou trabalha ou não come.

— Isso, algo a ver com a falta de assinatura do enteado.

— Ninguém sabe se tá vivo ou morto. Se ainda morasse aqui, estaria esbanjando saúde.

Brindamos e dois segundos depois o copo está vazio. Pede mais duas e já nem olha pra trás. Conta que dona Álvara está mais magra, reparou bem quando foi pedir as encomendas. Estava despenteada, e já era meio-dia. Há dias não a viam no culto, era notícia velha, mas juraram que permanecia assim. Teve gente que comentou uma possível conversão ao catolicismo por ela ter mencionado algo sobre estar vivendo num purgatório.

— Ninguém conseguiu provar essa evidência, seu Toninho.

## 28

Almirante Castros irrompe em êxtase quando alguém está doente, é o acontecimento mais esperado do bairro. A vizinhança se aproxima, traz flores, presentes, chega esbanjando sorrisos e abraços. Festa de aniversário não é tão celebrada quanto o adoecer de um residente, condolências, então, passam longe. Dependendo da gravidade, maior é o alvoroço e excitação. Chego a acreditar que invejam a condição do paciente, nem tanto pela atenção, mesmo que haja, sim, um dedinho, contudo é mais pelo fato de dar fim a uma vida já velha que ocupa espaço em um lugar ainda mais velho. Pelas esquinas e vielas, começam os burburinhos sobre a nossa lenda urbana mais famosa: o primeiro morador, anfitrião de toda a geração posterior a dele e que dá nome ao bairro, volta, de tempos em tempos, para escolher aquele que será o próximo a morrer. O selecionado geralmente é aquele que está prestes a pôr o pezinho pra fora da vila, assim mesmo como ele fez cento e poucos anos atrás. É como se a morte viesse buscar o traidor que deseja abandonar suas raízes. Nunca entendi muito bem essa história, a tentativa de fuga por aqui é sepultada antes de qualquer especulação em se retirar. No fim, depois de todos os eventos que envolvem o defunto, a expectativa volta à tona em quem será o enfermo sucessor a ter todo o ritual de festividades.

Aqui, na casa da tia, ninguém apareceu.

Os dias têm passado lentamente, as conversas são sobre jazigos, a tevê disputa volume com a pancada de água. Perdi uma cliente pelas faltas insistentes, sobraram apenas duas casas pra limpar. A tia Elsa telefonou pra ex-patroa e, pra minha surpresa, foi pra se desculpar por ser o motivo das ausências e tentar reaver meu emprego, nada tinha a ver em xingá-la por ter me demitido. Está seguindo pior do que eu imaginava. O humor oscila entre ódio extremo e melancolia de afagos. Não esperava menos já que a tia sempre se equilibrou pelas beiradas, neutralidade ou o isentar opiniões nunca fizeram parte de sua personalidade. Habituada a mergulhar, e mergulhar fundo, ensinou que eu deveria dar-me por inteira. Não aprendi. A vida tem dessas coisas, entregar alunos não lecionáveis a professores exemplares para que ambos se frustrem e se sintam incapacitados. Felicidade cabe num potinho e, de fato, é aquele de plástico com tampa trocada e meio retorcido pelo micro-ondas, aquele ordinariamente esquecido no fundo do armário e que às vezes passamos pra frente. Desdenhado ou transitando de lá para cá, ninguém o abre.

— Preciso que você me ajude a achar aqueles papéis com urgência.

— Credo, tia, a senhora fala como se fosse partir amanhã.

— Quanto antes, melhor.

Surge a dúvida se está se referindo aos documentos ou à sua vida. Deixo que a insinuação abafe na ponta da língua.

— Sobrinha procura nessas pastas, e eu nas gavetas.

— Como identifico se é o papel que a senhora procura?

— Tem escrito transferência sei lá o quê.

Tia Elsa está preocupada sobre onde será enterrada quando a doença vencer. Pouco ouvi falar no assunto durante toda a minha vida, é a primeira vez que a morte vira protagonista dentro de casa. A apreensão está justamente pela tia se dar conta que anos atrás houve uma mudança do túmulo da família. Ciente da grande parcela de gente velha em Almirante Castros e de não haver um cemitério no bairro, uma pequena corporação de empresários tomou posse de um grande pedaço de terra na cidade e criou especificamente um plano de facilitar o transporte dos defuntos e das carpideiras até o local. Persuadiram os habitantes a transferirem seus sepulcros, espalhados pela região para lá com gratuidade. Esperavam cobrar um alto valor pelos funerais. Anunciado como um novo conceito em funerária, foi construído um lindo espaço a fim de usurpar toda a aposentadoria dos moradores. O cemitério faliu por falta de gente morta. Depois disso, a empresa foi obrigada a pagar ainda a nova transferência das ossadas (que já eram pó há muito tempo), distribuindo novamente pela região. O problema é que muitos foram para bem longe e, devido à falta de falecimentos, muitos acabaram se perdendo por aí. A maioria dos vizinhos não sabem onde seus entes foram parar. A tia é uma delas.

— Seria mais fácil me enterrar no Inferno.

— Nós vamos achar o papel, tia.

— Melhor, vocês poderiam me enterrar no mato aqui pra cima. Eu ia infectar o solo dessa vila de merda. A tia já te contou que existiu um pequeno cemitério aqui no bairro?

Vó Telma foi enterrada quando tia Elsa ainda era criança, Almirante Castros era bem menor do que é hoje. Com a chegada de novos habitantes e a expansão de território, só houve espaço pra gente viva. Enxotaram quem tinha erre-gê cancelado pra bem longe. Na verdade, nas palavras da tia, esse trâmite só existiu no papel. Os mortos ali sepultados permaneceram debaixo do chão, ninguém se deu ao trabalho de cavar. Hoje há um galpão de ferro velho bem em cima de onde existia o cemitério, e a tia para em frente de vez em quando, calada, como se fuçasse na mente a imagem da cripta de sua mãe. Não demora a expulsar o silêncio afirmando que ali permanece coisas mortas, que o desuso de gente e objetos estão sempre ligados.

— A senhora não contou, não. — Sorrio.

* * *

Nossa gente e povos desse mundo todo criam inimigos sempre que confrontam o que acreditam. Tudo pra provar que estão certas, como se certo e errado fossem as únicas alternativas da vida. Daí vem essa mania besta de querer consertar o que muitas vezes nem está quebrado, tanto coisas quanto pessoas. Talvez tenhamos que aceitar que alguém pode nunca mudar, me surgiu essa dúvida na raça, no sofrimento que os anos me deram. Isso nunca mudou. E é o que estou tentando botar na cabeça de Álvara.

— Quero pelo menos tentar, Inácia.

— Ela é uma fraude.

— Vai ser rapidinho.

— Eu avisei.

Entro pra pegar a sombrinha e, num olhar ressabiado pra trás, ela mantém a famosa postura ereta em frente ao vão da porta. Os abalos não desenformam a rigidez talhada à mão. Não há sinal, mas há fogo. Nem toda crise é exposta, as piores são silenciosas, víboras envolvidas em si mesmas só à espera do jantar, almoço, tanto faz. Álvara sempre se ergueu na religião, se fez pilar várias vezes pra dar suporte à sua fé. Não é a primeira vez que pretende seguir um leve rumo inverso ao que acredita. O primeiro foi se casar com um católico, mais precisamente se juntar, já que não houve cerimônia, mesmo ecumênica. Se conheço bem a seriedade com a qual leva seu fervor e o caráter congregatório, a decisão (que partiu do marido) lhe rendeu noites mal dormidas. Não contestou, a pele fala mais alto que a alma. A inquietação por se sentir errada fez com que se penalizasse a doar mais ao dízimo que o pedido em sua igreja. Foi o que ouvi.

Lado a lado na rua, o silêncio é imóvel. As sombrinhas, vez ou outra, se cutucam na esperança de alguma ladainha. Noto os lábios de Álvara sussurrando algo inaudível, talvez uma prece pelo perdão antes de pecar. Quando a angústia aperta o ser humano retorna à selvageria, sente falta de algo concreto, de resposta rápida, mesmo sabendo que o arrependimento é inevitável e voraz, te come vivo. Vem o choro e logo você quer abocanhar mais do pedaço que te fez mal. O processo se repete até se tornar hábito, vício. Álvara vai provar do beijo doce da benzedeira do bairro, depois não tem mais volta.

— Não quis chamar a Elsa no meu lugar?

— Fui à senhora diretamente.

— A falta de convite é por causa da doença?

— É só uma gripe forte.

Caminhamos morro acima, nos limites de Almirante Castros. Há várias casinhas, e a cada rua que alcançamos elas vão ficando mais precárias. É gente que chegou depois de todo mundo, os atrasados da vida. É sempre assim, desmembram os acres, intocáveis desde que o mundo é mundo (até que aponta um espertinho de família nobre tomando como seu), loteiam e vendem. Por meio dos impostos pagos à prefeitura pelos recém-chegados, as novas terras ganham corpo, iluminação e concreto. O chão valoriza e resulta em taxas mais caras para todos. Os grandões vêm em seguida querendo comprar o seu pelo preço de antes, e costumam levar a melhor já que tudo é usufruto, nada é seu de verdade. Contrato de compra e venda é luxo. Vejo placas de vende-se antes de alcançar o cume, casa e terreno. Vão matar Almirante Castros de novo, não mais afogado e, sim, enforcado. Um dia isso aqui vira cidade e cospe todos nós. Álvara persiste nas preces sussurradas e não interfiro. As ruas foram invadidas pelo barro que vem mais do alto e nossos sapatos ficam borrados. Cumprimento Celestina, que está na janela. É a única alma a espiar quem passa. O tédio nesse ponto amarga em doses maiores, talvez pela vista da cidade estar comprometida pelo cinza-depressão. Andamos cortando a neblina que surge como obstáculo, o que não detém Álvara. Um deslize de pernas fracas daqui de cima seria a morte, se bem que duvido. Avançando e já é possível avistar os dois lances de escadas do meio lote pintado de verde-desgastado. Os degraus, além do portão magrela em zarcão, levam a um sobrado piquititinho.

— Tem certeza?

Bate palmas com veemência para sermos ouvidas pela dona da casa.

O vozerio dá a permissão para subirmos.

# 29

— Aquele dali não é o Braga?

— É um mendigo.

— Olhe bem, Souza, o porte ressentido é inegável.

O casaco é bem parecido com um que costumava usar, inclusive os botões longos com detalhe de linha em xis, só que bem surrado. Pensando bem, os cabelos volumosos que cresciam engruvinhados ganhavam esse mesmo formato, mas nunca vi alcançar o tamanho que esse homem ostenta. Estão mais escurecidos também. Dá uma garfada no pê-efe e nem nota dois caras assistindo-o almoçar. É um minúsculo boteco-padaria, e na placa informa que vende cerveja e destilados, porções, pães e doces, sucos variados e, claro, prato-feito saindo por seis e noventa — entre parênteses avisa que vem arroz, feijão, bife e salada.

— Vamos lá falar com ele.

— Deixe o homem em paz, nem sabemos se é ele mesmo.

— Não está curioso? Era nosso amigo.

— Nem lembro o primeiro nome.

Levanta o braço e atravessa a rua para que o homem o veja.

— É o Andrade — grita.

Sigo atrás, espiando a reação e torcendo para não cumprir a suspeita. Encara de volta, e é perceptível o esforço que faz para reconhecer quem está atrapalhando sua refeição. Põe o garfo delicadamente ao lado do prato e se levanta com um semblante ainda mais endurecido.

— Júlio. Alberto.

— Braga do céu, é você.

— Não exatamente o mesmo.

— Ficamos sem notícias suas — digo —, de quase todos, na verdade, mas principalmente de você.

— Achávamos que tinha morrido, e parece que estamos certos. — Andrade sorri.

— Fiquei à espera da ligação, a que nunca veio.

— Quase ninguém conseguiu ser realocado, nós sim.

— Pra gente foi até bom, né não, Souza? O piso é bem maior. — Andrade ri e quase gargalha.

— Espero que os outros tenham conseguido.

— Sei não, até onde eu soube, só o erre-agá e a administração conseguiram.

— Bibliotecários, arquivistas, pesquisadores e restauradores não têm onde pôr. — Andrade faz uma pausa. — Nem mesmo os arquivos tiveram chance, na última vistoria do prédio, boa parte do material foi pro lixo porque tinha mofado. Acho que era sua seção, Braga. Sua e daquela japinha estranha de voz fininha.

— Vocês têm notícias dela?

— Queria é saber da loirinha de óculos, tinha talento.

Alterna a atenção educadamente entre Andrade e eu como sempre tratou nas rodinhas de conversa no Instituto, não era de muitas palavras, mesmo aos mais chegados. No começo, eu acreditava ser um ar de superioridade, com o tempo, fui aceitando ser apenas desinteresse. Nas pessoas e nos assuntos cotidianos. O que aparentava lhe atrair eram somente as velharias com as quais lidava, o tato cuidadoso nas aquisições que chegavam, nas doações, tudo aquilo que virou lixo meses depois do corte de verba que resultou no fim do órgão público e das demissões temporárias de quase todos os funcionários.

— A gente pode te ajudar em algo, Braga?

— Isso, posso pagar esse seu almoço aí. — Andrade tenta chamar a atenção de algum garçom.

— Tô falando em indicá-lo em algum lugar. — Dou um tapa no braço do Andrade. — Limpar a loja da sua esposa, sei lá.

— Boa, vou ligar pra ela agora.

— Não estou procurando emprego, obrigado.

— Mas você tá um bagaço, mermão, na loja tem papel velho pra pegar como você fazia.

— Vai se foder. — Braga alarga a postura inicial.

— Não quer trampar, ó-quei. — Andrade guarda o celular no bolso. — Continue comendo esse pê-efe de merda então e seja feliz.

Braga fecha o punho e o leva até a cara de Andrade.

## 30

Zilu foi moldada num conjunto de formas de pãezinhos morenos, sendo um gominho em cada membro do corpo, mãos, braços e antebraços, pés, canelas e coxas. Está sentada numa cadeira de balanço de madeira puída e arranhada, inegavelmente consertada mais de uma vez. Os arcos que a deslizam pra cá e pra lá estão gastos e enrolados em fita isolante. A tevê está ligada num comercial de refrigerante de guaraná, confortada num rack minúsculo em uma sala ainda menor. Divide espaço com não sei quantos porta-retratos de crianças. Nenhum repete os rostos, mesmo que todos sejam bem parecidos. Nas paredes, novas faces, agora de gente mais velha. O cômodo está mais gelado do que a rua mesmo com as velas acesas e espalhadas. Zilu não se incomoda com frio, está coberta apenas com um vestido curto e florido e um lenço colorido na cabeça. Ajeita os pezinhos redondos nas Havaianas quase sem solas e se levanta pra nos receber melhor. Dá uma boa olhada de baixo pra cima entortando as sobrancelhas.

— Tá me devendo pela última consulta.

— Não lavei muita roupa por causa do temporal — digo—, mas pago logo.

— Eu não preciso comer todos os dias mesmo.

As sobrancelhas recurvam ainda mais ao se dirigir para Álvara:

— Mudou de religião?

— Não, senhora.

— Hum... — Caminha dois passos mancos como se houvesse caixas de cimento nos pés e volta a se sentar. — Vai ter que pedir muito perdão na igreja por entrar na casa de uma macumbeira.

— Peço desculpas pela recusa naquele dia.

— Costureira é o que mais tem nesse fim de mundo.

Logo que voltou a tricotar pra fora, Álvara recebeu em sua porta, a pedido de Zilu, um de seus netos (não sei qual, são vários) para encomendar um par de cortinas. Meu filho viu tudo e me contou. Ao ouvir para quem era, negou. Nem ao menos convidou o menino para entrar devido à chuva. Até Mateus entendeu o porquê, não era a primeira vez que presenciava a distância que os religiosos do bairro colocavam perante os familiares de Zilu da Macumba. O que, na verdade, é uma falácia. Zilu só parou de frequentar as missas de domingo pela dificuldade em se movimentar, o que não impede o povo de falar. O apelido vem como facilitador na identificação de quem se quer bem longe. Ateu é macumbeiro, agnóstico é macumbeiro, espírita é macumbeiro, aplaude o sol é macumbeiro e macumbeiro é satanista. Sabendo do viés devoto de Álvara, espantei por pedir que eu a acompanhasse até aqui.

— Eu realmente sinto muito por me comportar daquele jeito.

— Você não foi a última desde então.

— Farei a encomenda se ainda me permitir, será presente.

— Águas passadas, menina, tenho tempo pra ficar brava com o mundo inteiro não.

— Queria ter essa paz de espírito — digo.

— É só parar de fofocar pelo bairro que você consegue. — Zilu solta a típica risada estrondosa que vem do âmago. Costuma abrir bem a boca, comprimir os olhos e pôr as mãos sobre a barriga para rir, talvez pra conter a dor que sente no corpo por remexê-lo por inteiro. Aparentemente é o único momento em que troca a agonia das articulações em alguns formigamentos.

— Não sou fofoqueira.

O som da risada agora abafa o da chuva.

Álvara se deixa mostrar os dentes, bem de levinho.

— Vamos, menina, o que a traz aqui? Não foi só pra se desculpar. — O riso vai diminuindo.

— Eu queria... — As mãos estão juntas e tenta respirar calmamente. — ... Uma simpatia.

— Não é a única crente que já me procurou, sabia? — Embala o corpo pra cadeira fazer seu trabalho. — Esse bairro aí não seria o mesmo sem as mandingas que receitei. Suas irmãs da congregação são minhas melhores clientes.

— É verdade — digo —, Eleonora e Arlete não saem daqui.

— Olha a fofoca de novo. — Zilu se esbalda. — A língua da Inácia tem vida própria.

— Mas a Arlete é a primeira a condenar trabalho que não seja na igreja.

— Pobre menina... — A cadeira vai perdendo velocidade. — É uma pena descobrir tão tarde na vida como funciona a fé humana. Geralmente isso não precisa ser ensinado, tá no instinto, você é inocente, mas tá entendendo, caso contrário não estaria aqui. Quando a fé não corresponde da maneira que se deseja, é a mim que recorrem — ela diz dando um novo impulso. — As pessoas têm pressa e querem o que elas querem, não importa se está nos planos de Deus ou não. Então nem tudo eu posso resolver, nada mais sou que um instrumento, e o que não parecem entender é que a simpatia que passo depende da fé de quem vai usá-la, se não acreditar que vai dar certo, não dará. Por isso me resguardo em consultar quem está à beira da morte, o pedido é sempre o mesmo, salvação, e a resposta que dou segue na mesma linha — diz e se adianta a pôr as mãos na barriga. — Não tenho como te ajudar, mas quando topar com Deus, dá um salve meu pra Ele.

O barulho da chuva entra em hiato com a risada de Zilu.

— Eu devia ter percebido antes.

— Menina, não se lamente por isso, quem tem que se lamentar são aquelas hipócritas que pedem ajuda dentro da minha casa e depois passam aí em frente e fingem que não me conhecem. Você é uma nó cega por achar que todo mundo é certinho, mas acredita nos outros, isso é bom.

— Por que a senhora as atende mesmo assim?

— Tenho uma vocação pra cumprir, estendo minha mão a quem precisa. Em mais de sessenta anos de trabalho, eu já fui doula, rezadeira, conselheira, desfiz mau-olhado e quebranto, fiz cura com água, toicinho de porco, raízes, tudo. Já ouvi muitas coisas, ruins mesmo, e passei por cima de tudo. — Fica em silêncio, matutando. — Vamos, menina, agora desembuche o que veio me pedir.

— Não sei bem como explicar. — Faz uma pausa. — Pensei tanto tempo nisso, tá dentro da minha cabeça e é difícil externar.

— Que fique certo que não sou vidente pra adivinhar o que é.

— Estou na dúvida do que eu preciso: reza, simpatia, cura.

— Vai, mulher, fala logo.

— Meu falecido marido está mandando eu fazer algo que não quero fazer.

* * *

Levanta para abrir as janelas, não se importa que a calha quebrada vai fazer respingar toda a água pra dentro. Volta ao trabalho em meio aos tantos documentos revirados e logo fecha tudo novamente, se enrola na grossa coberta de pelos aos tremeliques, deixando apenas os dedinhos magros e envelhecidos pra fora. Irritada, retira um papel sobre o outro até acabar a pilha separada. Joga a coberta de lado e, mal percebo, chove dentro de casa. Não me deixa medir a temperatura, deitar também não é uma opção. Faço um intervalo para requentar as abobrinhas de forno de ontem, reclama que não vai parar pra comer. É possível ouvir os roncos do estômago de longe, e o tempo não é o problema. Sabe que não vai conseguir engolir uma agulha sequer, já tentou e não quer demonstrar fraqueza, mesmo sabendo que a doença vai vencer o quanto antes. Os ossos finos estão mais finos, a pele mais ressecada, tia Elsa parece ter perdido altura, ficou mirrada em apenas algumas semanas. Deus me livre fazer quimioterapia ou qualquer outra coisa que termine com terapia, disse há uns dias entre vômitos de sangue, dizia querer saúde pra morrer em paz. Sugeriu ao tio Zé — contamos pra ele sobre o câncer — a adoção de uma cadela quando ela se for, frisou bem que se referia a uma de quatro patas. Ameaçou voltar do além e castrá-lo caso apareça com outra velha dentro de casa e no mesmo dia listou quais vizinhas ela permitiria com que ele dormisse. Preparo um pratinho e entrego pra tia, põe de lado sobre um monte qualquer de papéis já conferidos.

— Vou fazer uma sopa então.

— Sobrinha já viu aquelas pastas dali? — Os olhos estão presos à bagunça.

— Prefere canja de galinha ou legumes?

— Me responde, buceta.

— Já olhei todos duas vezes, tia.

— Buceta, buceta.

— Tia Elsa!

— Não vou comer, inferno.

— Por que a senhora tá brava?

Pega a coberta peluda e se embrulha, nada de dedos pelo vãozinho dessa vez. Esquece de fechar as portas e janelas. Está tremendo, surge outro ronco do estômago e se comprime abraçando a si mesma. Balbucia, só ouço os dentes rangendo.

— Vou telefonar para o médico.

— Ligue pra funerária.

A palidez me assusta, pele e voz.

— A senhora não brinque com isso, vou chamar a ambulância.

— Não tô adiantando minha morte, estrume de jegue. — Aumenta o tom, irritada. — Tô falando pra ligar e consultar preços de caixões e transporte em carro fúnebre.

— Mas a gente ainda não encontrou aquele papel da transferência.

— Não tem papel, não tem buraco em cemitério. Ligue em um pra saber o preço também.

# 31

Sem piedade, deixando se levar pela onda de ódio que o possuiu, chuta incontrolavelmente barriga, coxas, virilha. Costas também, assim que o pobre coitado vira pra se proteger. Surgiu um pequeno semicírculo pra assistir à briga, mas não chamaria de briga já que só um deles apanha. E o fato do homem, que agora é pisoteado, ser um morador de rua não incomoda ao agressor, muito menos ao público.

* * *

— Vamos, já chega. — Tento segurar os braços de Andrade, que não quer ceder.

— Vou matar esse bostinha.

O beiço de Andrade está partido ao meio e nem se importa com o sangue que escorre. A garoa que cai ameniza o estrago, diferentemente do que acontece com Braga, que mais parece ter sido atropelado e está agora com a cabeça afundada numa poça que se formou. Pelo estado físico não é de surpreender que o soco que Andrade revidou tenha o desmontado instantaneamente. Braga está desnutrido e uma brisa de verão bem faria esse serviço. Já seu oponente tem um porte físico melhor, nada invejável, mas o suficiente para um confronto com um saco murcho. Seria bem diferente há uns anos, na época do Instituto. Braga abrigava alguns músculos naturais, Andrade era o franzino e só ganhou corpo com a promoção no trabalho e suas regalias, a mudança que elevou um, destruiu outro. "O governo abandona pessoas como abandona museus, ou o contrário, não sei", ouvi alguém dizer semana passada na baia ao lado da minha, e ainda concluiu: "Se houver lucro, e dos grandes (pois debaixo da fantasia de lucro pequeno está escondido o prejuízo), o governo vai te abraçar e chamar de meu bem, só que nem povo nem museu retribui o que se espera, daí fica difícil manter, né, *brother*", terminou de falar de peito estufado. A gente trabalha em um museu público.

— Ele tá quase morrendo — digo finalmente afastando Andrade.

— Tava chutando cachorro morto mesmo.

— Posso almoçar em paz agora? — diz aos cuspes de sangue.

— Vou te levar ao hospital — digo estendendo a mão, mas me impede de encostá-lo.

— Já deu o horário de vocês baterem o cartão.

— Deixe esse filho da puta aí, Souza. Vamos embora.

— Vai indo, já, já te alcanço.

— Você quer ficar com esse cara aí?

— Já te alcanço, caralho.

Sai batendo as solas, contrariado. Faço um sinal ao garçom e peço gelo e mais toalhas de papel, que me atende às pressas. Braga se arrasta até a cadeira, não me deixa ajudá-lo. Senta e fica calado, olha o prato como se averiguasse se ainda é capaz de mastigar com o maxilar em estado deplorável. Aos poucos, a pequena multidão se desfaz, seguem dando espiadas pra trás pra certificar que a diversão acabou, que o tal mendigo não tem mesmo forças pra apanhar de mais um. O rapaz, muito magro e de uniforme listrado e touca, volta com os gelos embrulhados num guardanapo de pano e um pacote de toalhas de papel. Braga deixa tudo sobre a mesa, nem sequer toca nos itens. Agradeço e o garçom entende que deve se retirar, oferece repor os guardanapos caso precisemos. Eu me junto a Braga na cadeira à sua frente.

— Use pelo menos o gelo, assim alivia a dor e o inchaço.

— Seu dever o chama.

— Diferente do que você acha, eu me importo por terem perdido o emprego.

— Pelo menos alguém nessa mesa se importa.

— Não sei pelo que anda passando, mas duvido que não pense no seu trabalho deixado pra trás. Você era o mais cuidadoso em arquivar aquelas raridades, se importava com a história.

— História que virou lixo, como sempre.

— Tem vontade de visitar o Instituto? Ver o estado em que está?

— Passo em frente algumas vezes, sem querer.

— Da próxima vez que passar por lá, sem querer, diga meu nome ao vigia.

Pega um punhado de papéis e limpa o rosto onde julga estar sujo de sangue. Segura e pressiona o guardanapo já umedecido pelo gelo no canto dos lábios. Deixa o prato de comida de lado e em intervalos solta um gemido abafado, possivelmente relutando em continuar a comer por eu estar junto ou pelas cólicas causadas pelos chutes no tórax e abdômen.

— Eu posso dar um jeito de encontrar um lugar pra você voltar à sua profissão, não mais como concursado, seria mais como um recomeço.

— Isso ficou no passado.

— Que ironia. — Solto um risinho abafado.

— Como assim?

— Você, em um último ato como arquivista, arquivou o seu próprio caso.

Um sorriso leve, o que o faz soltar mais uma gemida.

— Falei sério quando disse não estar à procura de emprego.

— Tem planos? — pergunto por sentir falta de um ponto final na frase.

— Há algum tempo, tenho pensado em fazer as pazes com o passado, um mais antigo.

— Às vezes o nosso futuro está justamente no passado.

— Não é isso. — Ele faz uma pausa. — Uma absolvição tende a ser necessária pra seguir em frente quando algo ficou mal resolvido, nem que seja um resquício, uma sobra que restou.

— É bom se acertar com quem ficamos mal, retomar o relacionamento.

— Também não é bem isso. — A voz ganha confiança. — O perdão é a coisa mais egocêntrica que o ser humano pode requerer. Pede-se perdão não por ter feito mal à outra pessoa, pede-se perdão para se sentir em paz consigo mesmo.

Surgem mais alguns grunhidos, só agora o corpo percebeu o estrago que foi feito. Mantém os olhos o mais longe possível de mim, vergonha, humilhação, orgulho, não sei, a cara escancarada, certamente menos quebrada que seu interior. Eu poderia até cogitar que está sentindo prazer pela dor física, um alívio pra onde está machucado de verdade.

— Sabe que eu me pego pensando como foi possível mandar todos vocês embora — digo e Braga se atém ao gelo na bochecha. — Me refiro burocraticamente, por lei o funcionário público tem estabilidade após o estágio probatório, então, não poderiam causar uma dispensa desse jeito.

— Eu não tô nem aí pra isso.

— Mas eles não podem.

— Já fizeram — responde cheio de paz.

Ouve ou vê avesso a uma reação de grande impacto, sente meio que sem sentir e segue, não reage com força ao que deveria reagir e não importa que tenha se passado bastante tempo. A diferença é esse tom mais alto, que destoa e grita, pelo menos pra mim. Seu modo causa estranheza. Mais do que antes, alheio a coisa qualquer. Sente-se vencido, de espírito em pleno declínio — e de corpo, ainda mais depois da coça. Perfeito moribundo ao qual se apresenta, o prato preferido dos colonos, prestes a expurgar por novas terras.

# 32

Fica alterada com meus questionamentos, até mesmo com si própria por perceber que não está sendo muito clara, como ser clara ao falar que um morto está te pedindo alguma coisa? As chamas das velas balançam, vem um arrepio congelando minha espinha. É o frescor vindo da chuva pela janela aberta, mas vai saber. Zilu ficou tão surpresa quanto eu com o que Álvara disse, não esperava um papo desses devido a se aproximar mais da sensatez do que da beira do fanatismo. Acreditava que suas crendices se limitavam ao Céu e ao Inferno, não a um meio termo onde tem espíritos pidões exigindo favores. Quero é ficar longe, tenho nada pra dar pra essa gente, não. Meus pés cogitam ir embora, e quem disse que consigo mexê-los?

— Não, eu não estou conversando com espíritos.

— De onde você tirou que seu marido morto tá te dando ordens?

— Não é ele — diz e para um pouco pra pensar. — Pelo menos, espero que não seja.

— Álvara do céu, você parou com os seus remédios? — Pego em seus braços e os aperto.

— O que mais me incomoda nisso… — Ela se desvencilha de mim. — … É que vai contra tudo o que ele disse pra mim durante toda a sua vida.

— Menina, não estamos entendendo nada.

— Parou ou não parou?

— Tem uma voz na minha cabeça. Todo dia e o dia todo me inferniza, e ela já me acompanha há muito tempo. Martela sobre as desestruturas entre os seres e o apocalipse que se impregnou nesse bairro. Perguntei ao pastor Sérgio sobre Purgatório e ele me deu um sermão, perguntei porque tem algo errado nesse lugar, em mim. Eu não vou conseguir morrer sem cumprir a pena que me impuseram, cometi algo grave em algum lugar e preciso ser punida e não sei como corrigir isso. Na verdade, sinto que sei, essa voz sussurra uma opção, e é tudo que não quero fazer. Nem saberia como também. Essa voz tem o tom do meu falecido marido.

— Tá pensando em suicídio?

— É isso que a senhora entendeu de tudo o que eu disse, Inácia?

Zilu apoia as mãos sobre o descanso da cadeira e se esforça a levantar, traz consigo uma face acolhedora, de quem vai acariciar cão abandonado. Aproxima e sorri, dentes cordiais pra uma mulher tão velha. Conserva o silêncio, as velas dançam novamente sem vento algum. Meus pés ainda não mexem, só penso em contar à Elsa o que houve, ela saberia melhor o que fazer. Não estou ajudando e sinto ser figurante dos figurantes, a vida me fez sofrer a ponto de eu não sentir o prazer em dar a mão, satisfazer com gentileza a quem sempre me foi gentil. Tiraram de mim o dom de servir, sou a rica sem uma conta gorda pra esbanjar.

— A parte boa de ser velha é ter história pra contar — Zilu diz. — Muita gente confunde vivência com experiência, que ser velho é saber, e não é. A idade traz cegueira, não só de olhos. Acho que já obtive mais sucesso contando relatos do que ensinando simpatias e curas.

— Álvara precisa de reza braba, não de historinha.

— Vê se ouve pra tentar entender também. — Ela me dá um tapa na anca.

— Uma cliente veio me procurar uma vez, um tempão atrás. Tava casada já havia anos e o marido se engraçou com outra mulher, traiu ela nos esfrega-esfrega desses bailões que cheiram à naftalina, traiu não, foi bem aberto, o homem não fez questão de esconder. — Zilu volta a se sentar. — Pior que o casamento não ia mal nem nada e a amante era uma hiena de peruca, o marido parecia ter caído nesses feitiços de ilusão. A cliente jurou que a amante tinha contratado uma bruxa, e era por isso que me procurou: pagaria na mesma moeda, e a Zilu aqui era a mais próxima de feiticeira que ela conhecia.

— Mas o que uma história de traição tem a ver com o caso da Álvara?

— Já falhei com você alguma vez, pirralha?

— A senhora nunca me contou historinha nenhuma.

— É porque essa sua língua de cobra ia espalhar pra todo o bairro.

Tento ganhar o assentimento de Álvara, que me pede pra deixar Zilu continuar.

— É claro que a cliente não precisava de feitiço nenhum — ela continua —, mas eu não podia falar isso de cara, sairia avoada da minha casa. Como já disse antes, por causa da falta de paciência, as pessoas querem exatamente aquilo que querem, só enxergam o erro quando quebram a cara. Então eu fiz isso. — Põe as mãos na barriga e dá um sorrisinho maléfico. — Eu dei a ela exatamente o que me pediu. Pelo menos é o que ela achava. Amassei umas folhas de arruda e misturei com uma antiga água de cheiro que meu neto mais velho me deu. A cliente devia se banhar com a colônia após se ensaboar, e seu marido voltaria a se encantar por ela. Dito e feito, a cliente voltou e contou que deu o melhor chá de cama que já tinha dado na vida, entortou o marido que quase foi parar no hospital com a coluna travada, mas, no dia seguinte, lá foi ele de novo atrás da hiena.

— Mas que mulher burra, por que queria continuar com um traste desse? — pergunto.

— Levava a sério a promessa de até que a morte nos separe.

— Pra mim não ia ser problema nenhum adiantar logo a morte dele.

— Foi só descobrindo que estava partindo por um ponto errado que resolveu buscar meu aconselhamento. Batata. Se era o que queria, persistir no casamento, contei uma história e a orientei a desistir das tramoias, deixar que o vento o trouxesse de novo. Devia seguir com a vida. Nesse meio tempo, eu a benzia, orientava a trabalhar a fé, encontrar uma crença com a qual se identificasse, religiosa ou não, e evoluísse, espiritualmente ou não. Se encaixou. Anos se passaram para colher os frutos.

Eu a interrompo:

— Espera, espera aí, ela ficou anos esperando para o vagabundo mudar?

Zilu espera em silêncio a minha afronta.

— Eu não acredito que você a instruiu a ficar vegetando por um embuste.

— Eu entendo sua frustração — ela começa —, era o que a cliente queria, a gente deve levar em consideração o que uma pessoa quer, se é errado ou não, ela é quem sabe, é diferente se houvesse agressões, mas sempre deixou claro que sua persistência era devido a amá-lo e ele ser uma pessoa boa, considerava a traição um erro que um dia ele se arrependeria, não é qualquer uma que aceita algo assim, mas era a sua vontade.

— É lindo a superação e resistência dessa mulher — Álvara diz.

— Também acho isso, menina, e confesso que não acredito que faria o mesmo.

— Vocês são loucas — digo —, eu estaria na cadeia até hoje, e sorrindo.

— O mais bonito disso tudo é que a fé dela foi o que o mudou, não sei bem o que se passou na cabeça dele, mas a cliente relatou que desde que ela focou em ser feliz, pelo menos em outros sentimentos fora do matrimônio, ele foi mudando.

— Ela deve ter aberto as pernas por todo lugar.

— Me confessou jamais ter procurado macho, tava bem resolvida sobre quem ela queria.

— Pelo menos foram felizes pra sempre, né.

— A cliente morreu na mesma noite em que ele pediu perdão.

Dou um grito na sala.

— Vamos embora agora. — Levanto do sofazinho e puxo o braço de Álvara. — Olha as ideias que você dá pra ela, que história horrível.

— Eu não vou me matar, Inácia — diz irritada como nunca ouvi antes. — A senhora me trata como vidro frágil por ter ouvido sobre os remédios que ingeri em excesso uma vez, sei que quer cuidar de mim e agradeço por isso, mas não pode querer me proteger de tudo a todo instante. Não preciso disso.

— Mas é que essa história em nada te ajuda. — Faço uma pausa. — Quer empatar sua vida por anos sem saber se vai dar certo?

— Inácia, não consegue compreender a beleza do que aconteceu? — Zilu usa um tom melódico. — A fé da cliente mudou o marido, ela o amava tanto que deu pra ele o que ele mais precisava: salvação, ou algo parecido com isso. O amor dela ia muito além de querer estar junto, se assemelhava com bem-estar, proteção, carinho. Pra ser mais específica, sentia ternura, palavra e sentimento que não se ouve mais.

— É muito triste saber que ela sofreu e não pôde usufruir do que conquistou no último momento. — Suspiro a fim de soltar aos poucos o peso da vontade de chorar.

— Acho que se parece muito com a história de Jesus em dar a vida por todos nós.

— Tempos depois — Zilu diz —, ele acabou se casando de novo, não acompanhei muito de perto, mas como moravam próximos de mim, eu soube de algumas coisas, e ele continuou os passos da ex-esposa, frequentou a mesma igreja, trabalhou ajudando as mesmas comunidades precárias, etecétera — Ela sorri durante o momento de recordação. — Sinto que a vida é um ciclo, porque, depois disso, ele também faleceu e a nova esposa foi quem deu continuidade, nas mesmas coisas, não é fascinante? Vai saber até quando esse processo vai durar, talvez para sempre.

Paro pra pensar um pouco.

Não consigo enxergar muito propósito, mesmo entendendo a beleza em se dedicar a vida em favor de alguém sem receber algo em troca, ou receber o mínimo. É triste e não gostaria disso pra mim. Quem quer é doido. Só que talvez não seja questão de querer, e sim seguir o instinto. É como o trabalho de mãe, isso eu sei bem. A gente faz o nosso melhor mesmo tendo dias que a gente não quer levantar da cama. O que eu sei muito bem também.

— Talvez eu tenha entendido o que a senhora quis me ensinar, dona Zilu — Álvara diz.

— Não quis ensinar nada, só contei uma história. — Ela coloca as mãos na barriga e ri. — A menina faz o que sentir que deve fazer.

Álvara sorri, não faço ideia do que compreendeu com essa história. Abre a bolsa e retira algumas notas da carteira.

— Guarde esse dinheiro, não cobro nada por contar histórias. Minha casa está sempre aberta pra quando precisar.

— Só gosta de cobrar de mim — digo.

— Haja estoque pra preparar florais pra aquietar essa sua bunda — Zilu diz e gargalha.

— Não esperava que uma benzedeira fosse assim — Álvara comenta.

— Vou te benzer agora e rezar, não esqueça que é preciso ter fé, ela que tem cura, se não acreditar, não vai funcionar. Algum dia a sua história será a cura de alguém.

Voltando pela rua, caminhamos em silêncio. Tento conversar, me atenho. Álvara percebeu e ficou calada, observo seu rosto nos ventos que vez ou outra levantam sua sombrinha. A testa está franzida, mas um semblante de serenidade a acompanha logo abaixo. O mutismo talvez seja por estar avaliando o que ouviu lá dentro. Aproveito o chuvisco pra inclinar minha sombrinha e enxergá-la melhor.

— Posso te fazer uma pergunta?

Olha e dá consentimento.

— Não quero ser indiscreta, só que não vou conseguir dormir hoje se não descobrir isso. Juro não contar pra ninguém. O que aquela voz tanto insiste pra você fazer? Não responda se achar inconveniente, mas preciso saber.

Ri e não fica constrangida.

— Ela diz para eu encontrar o filho de Martinho.

# REARRANJOS

# 33

Finalmente os trens de volta aos trilhos, carvão queimando e as notícias circulando. Os deuses voltaram a jogar xadrez e a peã finalmente atravessou o tabuleiro pra virar rainha, ganhou seu dia de glória: dona Lurdes passou dessa pra melhor, e bem melhor. Os cavalos bem-vestidos transportam o velho corpinho lá pra torre, onde os bispos se reúnem pra preparar a cerimônia. Dias antes, teve roda de samba em sua homenagem, e a enferma quase levantou da cama pra dançar com a gente. Estava feliz, a bichinha. Começou com uma dorzinha na lombar, nada eufórico devido à idade. Não demorou pra aparecer um xixizinho vermelho-vitória e o sorriso já foi surgindo, o corpo não cospe motivos à toa. No fundinho vibrava, rim, rim, rim. Se gabava da mesma quantidade de letras com paz, brincadeira antiga entre os moradores em comparar o respectivo órgão degringolando com um desejo que revela o que será encontrado após a morte. Helena, a do cérebro, teria alegria na eternidade. Ademir, do pâncreas, gratidão. Edileusa, uma que nunca fumou na vida, estava com falência nos pulmões. Comparou a quantidade de letras de pulmão com transa e, como eram dois, disse que transaria muito no além. No último momento, os médicos descobriam que o câncer no timo é que a levaria ao óbito, suas palavras finais foram que timo tinha a mesma quantidade de sexo. E paz é tudo o que dona Lurdes mais cobiçava. Reclamou tanto das reuniões de família que agora sossegou, a hora da morte é o momento agraciado a esse povo sofredor. Sua morte fez até com que dona Elsa melhorasse da suposta gripe que a prendeu em casa. Não foi nem preciso combinar entre as moradoras, ninguém iria visitá-la mesmo. Colhe o que planta, essa é uma que não conhece nada de lavoura. Está aí zanzando pelas ruas com a sobrinha, passou há pouco em frente de casa e tudo leva a crer que se dirigia à igreja para o funeral. Dona Lurdes não vai ter paz tão cedo.

— Maldita chuva que não cessa — grito da varanda.

* * *

Véspera de feriado prolongado debaixo de tempestade vem me acompanhando há anos nas viagens à capital. Tem que ganhar espaço onde não há, a gente cava e cava e o tesouro está bem mais embaixo. E quem diz que desistimos? A raiva se torna obsessão, que vira disputa e confrontos com desconhecidos, é quando a coisa fica pessoal. Em dias assim, surge o inimigo mortal, às vezes até na pele de uma senhorinha raquítica que toma à frente pela preferencial, compra a última passagem e meia hora da sua vida é desperdiçada numa rodoviária suja à espera de outro ônibus disponível. Mas meia hora nunca é meia hora, a fila já nasce enorme não importa a hora que chegue, seja mais cedo ou mais tarde. É o lado intocável do tempo, a redoma dos minutos congelados. Só se desfaz quando, de fato, se distrai (e chegará atrasado de qualquer forma).

Leio as manchetes dos jornais expostos no aramado da pequena galeria vende-tudo na frente da fila. Consigo ler os subtítulos sem pressa e desespero, a gente pega a prática do reaproveitamento de tempo depois de tanto repetir o mesmo processo, soa decerto estar vivendo o mesmo dia. O primeiro da pilha destaca sobre a crise da economia no país, o que confirma o aprisionamento temporal, a mesma matéria parece estar presa comigo nesse ciclo. Descarto a compra, já sei o que está escrito lá. O próximo aponta o pensamento positivo para a queda no desemprego mesmo com o gráfico mostrando que está aumentando, já ignoro por osmose. O debaixo é um magrinho folhetim popular com manchetes irônicas e engraçadinhas, geralmente se utilizando de trocadilhos. Há uma foto de bordas arredondadas e o escrito em branco-leite no meio da escuridão: "Seu dinheiro indo para o ralo". A menção é sobre os alagamentos nas ruas de São Paulo pela chuva incessante, e cutuca o prefeito aos altos investimentos no saneamento básico que não funcionaram. Os outros dois disponíveis criticam um partido que já não está mais no poder há algum tempo. Fico com o folhetim. Percebo cada vez mais o emagrecimento dos jornais de papel, e a saída deles quanto a resistência em se manterem vivos é cortar páginas que lhe são mais descartáveis. O primeiro selecionado é o caderno de cultura, há apenas uma nota e é sobre um blockbuster dos cinemas. O esporte também perdeu espaço, fala-se unicamente sobre futebol, se atentando apenas aos horários de jogos e sobre a dança das cadeiras na Seleção Brasileira. Times regionais ficam de fora, soa o mesmo que tias do tricô falando sobre futebol. Ao mesmo tempo, houve um caderno que passou despercebido pela redação, continua intacto: a coluna social com fotos coloridas da elite em algum show cover de bandas dos anos setenta. Percebe-se também a economia de tinta preta na sessão.

Olho para a frente e saíram somente duas pessoas, uma era acompanhante.

Estou na página de tirinhas quando chega a minha vez, foi quase o jornal inteiro.

— Uma pra estação Barra Funda, por favor — digo entregando o dinheiro trocado e olho o relógio. — Tem uma pra agora, seis e quinze?

— Não — ele responde —, só pra daqui meia hora.

Peço janela.

— Janela não tem, senhor.

Pego a passagem e procuro por um lugar nas cadeiras enfileiradas pra esperar o ônibus, não tem, coloco o jornal, agora lido, sobre a muretinha do lado de fora e sento me sentindo privilegiado. Agora é que começo a reparar nos passageiros prestes a embarcar. São as mesmas caras de sempre, gente como eu, que mora num lugar e trabalha em outro. Hoje tem um pouco mais de alternância devido ao feriado, só que sempre parecem os mesmos, o que me faz pensar no número limitado de características do ser humano. Tem o rapazinho de óculos que trabalha numa empresa de tecnologia, a universitária de mochila e moletom da faculdade, o casal de velhinhos (nunca sei exatamente pra onde vão), a tia gorda de roupa florida, a moça e seu bebê, o cara de cabelo diferentão, a criança que chuta a nossa cadeira, o policial que viaja de graça e que senta no fundão e, claro, aquele barrigudo de camisa polo apertada que dorme e ronca no ônibus, e que, no caso, sou eu. Às vezes muda o gênero, mas o estereótipo não. O restante que embarca são figurantes rotativos e de pouca descrição relevante. Me pego pensando se a história de cada um também não é a mesma.

— Com licença, senhor.

Viro em direção a voz.

— Sabe me dizer o jeito mais fácil de chegar na avenida Paulista? — A mulher está com o mapa aberto de São Paulo com o dedo sobre o ponto que quer chegar.

— Não precisa usar mapa, não, senhora, quando o ônibus chegar na estação Barra Funda, é só subir para a plataforma de metrôs e fazer baldeações até chegar na Linha Verde. É facinho.

— É que dizem ser perigoso andar por lá hoje em dia.

— Durante vinte anos indo pra São Paulo todos os dias, eu nunca morri. — Dou um sorrisinho.

— Morrer não me preocupa, só não quero ser roubada.

Rio e tento me controlar por não ter certeza se foi uma piada. Veste uma blusa social verde-mofo e uma saia longa preta-esfumaçada, os cabelos estão presos em cima, o que vira uma trança comprida e caída pelas costas. Ambos deixamos o assunto morrer. Sua bolsa descansa sobre uma malinha de tecido sintético com algum tipo de marca religiosa estampada (uma cruz envolvida por uma auréola). Rezo pra que não encontre hoje uma nova classificação de passageiro: a que tenta te converter durante a viagem.

Anunciam o ônibus de seis e quarenta e cinco e pego a fila da entrada. Poltrona número oito e sei exatamente onde fica, conheço o interior do transporte tão bem quanto minha casa. De frente para meu lugar, topo com o rosto recém-visto de minutos atrás se ajeitando com o cinto na poltrona da janela e com a bolsa no colo. Coloco minha mochila no compartimento de malas acima da cabeça dos passageiros e me recosto ao seu lado. Percebe minha presença e solta um sorriso fraterno, de boa vizinhança. Espero que não puxe assunto durante a viagem.

Gotas escorrem pelo vidro e deixam rastros da velocidade, está escurinho no melhor estilo de dia nublado. Desentorto a cabeça, que inclinou sozinha, e a vista é de muito mato, árvores que passam correndo e pequenos morros que preenchem a janela e se diluem como a água respingada. Estamos no meio do caminho já que ainda não há sinal de concreto. Ajeito o quadril pra virar para o outro lado e o corpo alerta uma textura estranha sobre a pele dos braços cruzados: um casaco fino de lã cobrindo da minha cintura ao pescoço. A consciência me leva a olhar para o lado, para a passageira idosa que encara a mesma paisagem. Pressiona as mãos com força sobre um livro de capa dura.

— A senhora tricotou isso agora?

Por um momento parece alvorecer, como se acordasse perdida de um transe exatamente como eu. Os olhos se movem num milésimo e entendo que foi o necessário para voltar à realidade e entender sobre a que estou me referindo.

— Esse tipo de costura é feito numa máquina.

Só então entendo a pergunta idiota que fiz e que não acordei complctamcntc.

— Digo, a senhora a colocou em mim?

— Pegamos uma nuvem pesada no caminho e ela trouxe um ar úmido e gelado, daí, por senti-lo, inconscientemente o senhor se comprimiu em autodefesa.

— Se esfriou, a senhora é que devia ter se coberto.

— Eu adoro esse clima.

Outro morro cresce do lado de fora e a chuva engrossa trazendo consigo tufos de neblina. Está tudo muito calmo dentro do ônibus, sem choro de criança ou qualquer outro movimento brusco. No vidro as gotas continuam a dançar, ela sorri percebendo a mesma coisa.

— A senhora é muito gentil.

— Pode ficar à vontade pra voltar ao seu sono.

Resguarda ao estado taciturno e as mãos ganham folga, dão espaço pra enxergar o título em dourado-corroído: *Cachos desfeitos*.

— Nunca ouvi falar desse livro, é bom?

— Ainda não sei o que achar dele.

— Isso é um bom sinal.

— Como assim?

— Se tá fazendo a senhora se questionar é porque cumpriu o objetivo.

— Não creio que o objetivo do autor fosse esse não.

— Acredita que disse o que então?

— Que a culpa é minha.

# 34

Analisa as minúcias e vai anotando tudo em seu caderninho, ri e critica do que não gosta, diz em alto bom som para si mesma, talvez na intenção de se ouvir pra acreditar que está planejando o próprio funeral. Não liga se as pessoas ao redor ouvem seus comentários maldosos sobre a roupa que escolheram para dona Lurdes.

— Coisa brega, credo — diz.

Tento fazê-la parar, voltar pra casa, tudo em vão, e piora quando agarra a mão do pároco no meio do consolo aos familiares e faz com que ele a acompanhe até a sacristia. Quer a igreja emprestada para seu velório assim como foi emprestado para dona Lurdes. Renega ter o corpo velado no meio da sala de casa, não quer deixar essa última má impressão ao tio Zé e para mim, também acredita veemente que a alma não vai querer abandonar sua carcaça velha pra trás (palavras dela) e ficará em nossa casa, perdida, sem saber tomar outro rumo já que nunca se afastou muito de Almirante Castros, não passou uma noite sequer longe do bairro, é o único lugar que conhece de verdade. E sair daqui é tudo o que ela mais quer e necessita cumprir. Com o velório na igreja, enxerga possibilidade de encontrar um caminho bom. Sem entender muito bem, o pároco confirma emprestar a igreja para o velório com a condição que a tia viva por muitos anos, dando um sorrisinho pra finalizar. Não dá ouvidos ao presbítero e agenda o funeral para a próxima semana.

— Não me contrarie! — Levanta o dedo ao não aceitar minha réplica. — Ou eu vou morrer antes do previsto.

Continua a inspecionar os enfeites do velório, deixa bem claro que vai voltar da morte se ousarem colocar coroa de rosas, odeia o aroma e acha cafona. Quer calêndula, e que seja a única coisa que o tio se prontifique a fazer, afirma ser o único a entender como ela gosta. Deixa também o aviso de que, se não encontrarem, pode ser trocado por copo de leite, e ri, é um copo de leite cheinho até a boca e não a espécie de flor copo-de-leite.

— Discrição, tia — sussurro. — Achei que a senhora não queria alarmar sobre a doença.

— Eu vou morrer — grita no meio da ladainha à dona Lurdes — pra felicidade de vocês todas eu vou zarpar em breve. — Olha pra baixo, pro chão. — Vejo você em breve, Lurdinha.

Puxo a tia em direção à saída da igreja, ela se solta e volta.

— Vou assombrar todas vocês, nem vai parecer que morri — grita segurando os dois batentes pra impedir que eu a puxe e solta uma risada maléfica.

* * *

Estamos dentro de casa e a sobrinha me faz sentar pra esperá-la, foi até a cozinha. Sinto frio, mas doida por um copo congelante de água. Me enrolo com a coberta ainda quente sobre o sofá, dou uma longa golada assim que volta e me entrega a jarra.

— O que deu na senhora, tia? São os remédios?

Mesmo irritada não consegue deixar de ser gentil e compreensiva, puro sangue da irmã.

— Quero que lembrem pra sempre do medo que sentem de mim.

— A senhora lançou um longo monólogo sobre eu ficar de bico calado sobre a doença.

— Mudei de ideia, cacete.

Sobrinha é quem mais vai sofrer, sou sua única amiga e nem sei se isso conta, só faz o que eu mando. Acho que ela não sabe ser amiga, nunca soube por falta de referência. Por ser superprotetora, estraguei suas chances de se relacionar. Não possuía tendência alguma e terminei de limar a pontinha que poderia. Péssima mãe. Tia, péssima tia, o que eu tinha na cabeça em cuidar de uma menininha? Amor em excesso é tão maléfico quanto a ausência. Não foi à toa que não botei cria no mundo, só que, nas voltinhas inesperadas que o planeta deu, arrumou um jeito de me pôr nessa. Deveria ter morrido há muito tempo, melhor, me estripar no lugar da irmã. Quando eu for, o Zé vai saber lidar com a sobrinha de uma forma superior, mas quão longe o estrupício vai viver? Sobrinha ficará sozinha, mais do que já é. Outro gole da água gelada e deslizo pelo encosto e deito encolhida. Se encontrasse alguém pra casar hoje, sobrinha teria passado mais tempo da vida sem ninguém do que casada. Essa não vai viver tanto quanto eu, acho que, na primeira enfermidade séria, ela já vai embora. Não é fraca, isso não, aguenta tanta cacetada calada e não foi comigo que aprendeu isso, eu mesma não conseguiria. No entanto, é daquelas pessoas que são boas demais para o mundo, a vida manda embora logo como represália pela humanidade não ter aproveitado direito o presente que ela deu. Sua doçura é divina, já posso enxergar uns arcanjos estendendo tapete vermelho-desfile e tocando trombetas na sua recepção. Não duvido que daqui a alguns anos vai ser canonizada santa na Praça de São Pedro, bem na frente da Basílica do Vaticano. O Papa vai lamentar não a ter conhecido pessoalmente, gritarão seu nome acompanhado de aplausos. A santa que nunca diz não. Só ela pode quebrar esse encanto que jogaram em Almirante Castros, dar luz a esses moradores que cheiram a mofo.

— Tia tá com um sorrisão no rosto — ela debocha.

— Tinha esquecido o que era ter quinze segundos de paz nessa casa, mas já lembrei.

* * *

— Tudo bem, o senhor pode entrar.

— Não vai pedir documento pra confirmar se sou o Braga?

— Você é o único aqui em meses.

Deixo a guarita para abrir os cadeados do portão. De perto vejo melhor o que não era muito perceptível pela janela, os olhos afundados num roxo-radioativo que dá a certeza de possíveis olheiras ou sobras de briga. O restante também tem aspecto deplorável, agora é tarde pra pedir a identidade. Definitivamente, não é um comprador para o imóvel como tinha imaginado, bom pra mim, meu bico de vigia continua intacto. Apresso para que entremos nos galpões, a chuva não vai tardar a recomeçar. Conserva as palavras durante o trajeto até as portas da entrada principal. Pego do molho a chave referente ao cadeado e desenlaço as correntes dos longos puxadores e da maçaneta. Por esse trabalho, todo santo dia, eu fui obrigado a abdicar das prosas por ser o único vigilante matutino, fiquei até sem direito aos bom-dia e boa-tarde por não haver vivalma passando aí em frente, o que atiça mais as vontades de ouvir qualquer coisa que não seja carro a oitenta por hora.

— Você trabalhou aqui, é isso?

— Arquivista-pesquisador e curadoria nas documentações históricas e artísticas brasileiras.

Pelo que consegui ler no rastro silhuetado de bolor onde ficava o letreiro, ficava aqui o Instituto de História e Artes Brasileiras. Nunca soube exatamente o que faziam, e nem tive o interesse de me informar. Quando comecei o trabalho, o empregador apenas falou: não use esse lugar como motel, pelo menos não deixe ninguém descobrir, e deu uma piscadinha. O serviço em si eu deduzi o que fazer pelo título do cargo ser vigilante diurno. Entre rondas e cochilos, aproveito pra estudar pra concursos públicos. O bico não tem holerite nem nada. Num dia de pagamento, meu chefe deixou escapar que esse emprego é dele e que o terceirizou pra mim. Nem percebeu o que disse e, caso tenha percebido, nem se importou. Em um outro dia, ao vir me pagar, abriu o envelope destinado a ele e retirou algumas notas, entregando somente o combinado comigo. Em tempos difíceis é necessário ser empreendedor, ouvi em algum lugar.

Está olhando para as siglas IHAB (o que restou delas, mofadas e já quase apagadas pelas chuvas), da legenda logo abaixo sobrou apenas um borrão.

— Foi a primeira coisa que fizeram — ele diz —, removeram as peças acrílicas do letreiro antes mesmo de nos avisarem da demissão temporária. No meu caso, demissão sacramentada.

— Por que fizeram isso?

— Época de eleição, apagar o Instituto pra garantir que nunca existiu um pra ser fechado, assim não mancha a reputação e garante uma possível reeleição.

Passamos pela porta e chegamos a uma recepção toda branca-amarelenta e empoeirada, paredes escamando e lascas por todos os lados. Os únicos móveis do cômodo são o balcão e mesa recepcionista embutidos, não há computadores ou cadeiras. As siglas coloridas do Instituto ainda estampam o fundo do pequeno salão.

— Não procuraram a mídia ou qualquer outra pessoa que pudesse fazer algum barulho?

— Coisa pequena, foi o que um repórter nos disse, e ainda complementou que logo estaríamos sendo realocados e voltando a receber. Passaram alguns meses e voltamos a procurar um jornalista, que foi pedante afirmando que era tarde demais e deveríamos ter levado o assunto antes para os jornais. Nem mesmo o candidato opositor quis se aproveitar da nossa história.

— É que já vi médicos e enfermeiros da rede pública ganharem espaço na tevê por salário atrasado.

— História e arte não têm importância pra quem está doente, nem pra quem está bem.

# 35

Dos conturbados relacionamentos que temos na vida, sem dúvida o pior é com São Paulo. Inalamos quase que diretamente a fumaça do canudinho do escapamento de um carro, cuspimos um gás carbônico mais decomposto que o natural e seguimos fazendo boca a boca em qualquer centro poluidor que apodreça ainda mais o nosso corpo. A troca de germes nos roça-roça dos metrôs às dezoito horas (ou durante as dezoito horas úteis que a cidade possui) aumentaram drasticamente as chances que tenho de morrer por vírus, bactérias, fungos, príons ou qualquer doença infecto-parasitária impregnada nessa gentarada. Esse ímã que a capital paulista tem atrai moléculas fracas espalhadas pelo país inteiro, bem onde reside o próprio mal embrionado, que ganha pernas e braços no fim do dia e se torna num organismo letal. Pronto e cheio de comodismos, espalha óvulos e os fecunda até se desenvolver em novos indivíduos, que crescerão tão rápidos e tóxicos quanto os anteriores. Virarão gases e iremos respirá-los para expelirmos nossos novos dominadores. Pena de quem vira súdito dessa barbárie e se enxerga devoto, como eu há doze anos e contando. A subterrânea Linha Amarela do metrô me sugere proximidade do antro que abriga a pedra fundamental onde o mal fundou seu território, sugere que pra encontrar a perversidade não tem que descer muitos degraus abaixo da terra. É logo ali, distância mais curta que o tempo máximo que alguém consegue prender a respiração. Mais curta que dos corpos colados nesse túnel à espera do esvaziamento e na possibilidade de dar um mísero passo. Baforo ar quente na nuca à minha frente, nem peço perdão. Educação aqui não permite prosseguir, é a única moléstia que não se contrai. Mesmo turistas, com pulmões novinhos e cheios de disposição, se infeccionam, e mais rápido que o habitante originário. Fumantes perto de não fumantes, que morrem sem o prazer libertário da condenação. Comportamento lastimável, que depois de muito habituado sente falta quando desaparece. Implora pelo desagrado e te prende achando tudo normal. É o motivo por eu me virar pra trás e entender por que baforaram nas minhas costas e se desculparam. A senhora está tensa e agarrada à bolsa com os braços entrelaçados, típico sinal de pânico.

— Pode respirar sossegada — digo —, ninguém vai te assaltar aqui porque não tem pra onde fugir.

Afrouxa a postura em timidez. Diz que não é daqui, como se eu não soubesse.

— Ninguém é realmente daqui, minha senhora, nem mesmo paulistano, São Paulo te empresta espaço por tempo cronometrado, quando menos se espera te chuta pra outro poder entrar, um dia todo mundo volta pra casa.

Alguns passos adiante e paramos. Cutuca meus ombros delicadamente e volto a me virar.

— O senhor não pertence à cidade há um bom tempo. — Sorri e faz uma pausa.

— E como a senhora poderia saber disso? — Entorto as sobrancelhas.

— A expressão nos olhos do senhor é a mesma de meu marido pouco antes de falecer.

Fora da estação, caminhamos pela calçada movimentada tão diligentes quanto dentro. A terra da garoa faz jus ao nome. Alcanço a entrada do edifício do banco ao qual trabalho e paro repentinamente, dois passos à frente e também susta a deslocação. Agora é ela quem se vira pra trás. Dá um tchauzinho que me lembra as misses na tevê. Permaneço parado assistindo-a sumir na multidão.

Pego o celular e aciono a câmera frontal.

* * *

— Outro expresso, por favor.

O dedo segura a envelhecida página quarenta e sete de *Fogo pálido* o que faz misturar o aroma da cafeteria com o livro empoeirado próximo ao rosto. Vladimir Nabokov faz companhia há quarenta minutos porque cheguei mais cedo. A manhã, bem de manhãzinha, é o único horário em que me permito não funcionar no automático, motivo de evitar as trivialidades ou notícias de jornais que podem afetar o humor pelo resto do dia. Deixo tudo isso para o final do expediente, caso sejam desagradáveis, elas causarão menos impacto, durarão menos. E não há nada de bom nas redações nesse horário. É a morte de um que querem urgentemente relatar, a alta do dólar, as crises que insistem em inventar, propagandas de restaurantes às nove da matina que seguem ao lado de fotos de assassinatos. Fico na área restrita e segura da literatura russa.

— Torradas com geleia de pimenta biquinho também.

Pela parede de vidro, presencio o dia se repetindo aos poucos, um céu escuro congelado e gente de cachecóis aos vinte e dois graus, um quê de Europa tropical. No Brasil a palavra Europa é mais usada como uma ressignificação de estado de ser do que pra um continente. Nessas espiadas do lado de fora eu vejo Álvara entrar.

— Bom dia, senhor da Costa, me desculpe o atraso.

O relógio de pulso diz que ela está adiantada.

— Santiago, por favor.

# 36

Não sei bem o que procura, se é reconfortar a saudade nas tralhas sujas, se deixou algum pertence importante sobre a mesa de trabalho, ou quem sabe pretende queimar todo o pavilhão como vingança. Não tiraria sua razão, mas é minha fonte de renda agora, uns perdem para outros poderem comer, o que é injusto dizer já que muitos ficaram desempregados para apenas um receber uma merreca no fim do mês. Estamos passando por uma extensa passarela que liga com o galpão mais ao fundo. Pela lateral envidraçada à esquerda, mesmo bem emporcalhada, dá para ver e imaginar o tipo de vista que se tem quando limpa. Foi projetada para o parque arborizado da região, o resquício de verde-vigor por esses lados ou por qualquer outro da cidade.

— Ouvi dizer que vai se tornar um shopping.

— Pelo menos dão uso para esse prédio abandonado, já tem cara de shopping.

— Não — ele diz, ficando ao meu lado e também olhando pra fora. — Estou falando daquele lugar, o parque. Ouvi muito sobre a especulação imobiliária nesse bairro. Em poucos anos, isso tudo vai se transfigurar em vários e vários apartamentinhos, alguém logo arremata os terrenos num leilão junto com esse prédio já que é tudo público, isso se já não o fizeram. Quando o primeiro trator cruzar a esquina, você saiba que vão começar a lotear.

Meus pensamentos se misturam com a bosta de pomba escorrida pelo vidro.

— A cidade está crescendo, até entendo.

— Eu não me importo mais.

Na baixa claridade nota-se que o galpão do fundo é dividido pelo pequeno mezanino com mesas e pelo andar inferior, que é preenchido por armários de ferro que servem de prateleiras para armazenar caixas de papelão. Cheira a pó, mesmo com o amplo espaço. Com a nossa entrada na parte superior, ouço ruídos que me remetem a ratos ou qualquer outro bicho à caça de comida. Debruço na grade para verificar o espaço e vejo mais mesas como as de cima, certamente uma antiga área de estudo ou de pesquisa. De forma automática, ele segue ligando os disjuntores na salinha agregada ao lado. As luzes vão acendendo lentamente até o fim do barracão. O abandono é ainda mais nítido no claro.

— Parece uma biblioteca.

— É o acervo do Instituto, você não faz ideia das raridades que estão guardadas aqui.

— Quais tipos?

— Cartas, documentos, artigos e revistas, manuscritos originais, filmes fotográficos, tantas coisas — diz e logo após descemos as escadinhas laterais para o térreo. — Parte do meu trabalho era cuidar do audiovisual, tem armazenado aqui alguns álbuns musicais que não se encontram em mais nenhum outro lugar. Fiz a curadoria de um projeto que visava chegar às pessoas faixas de música e poesias de gente que ou caiu no esquecimento ou nunca ganhou palco. Artistas convidados de vários estados, poetas e músicos recitariam e tocariam esses artistas em todos os lugares com boa concentração de gente, praças de alimentação, bares, na rua, mas o projeto mal caiu na estrada e cortaram as verbas, cancelaram tudo em cima da hora, foi bem quando fomos dispensados do Instituto.

Em alguns momentos a voz gaiteou, ora emocionado e ora enfurecido.

— Nem se deram ao trabalho de realocar o acervo para um local seguro — completa ao deslizar os dedos sobre as caixas expostas, etiquetadas por data de catalogação, período que o conteúdo abrange, assunto, especificação do objeto contido e o destaque dos principais itens.

Em seu encalço, sigo acompanhando tentando não fazer barulho. Decido dar privacidade devido ao silêncio frustrador que deixa escapar se perdendo entre os armários de ferro. Alguns metros de distância, ouço apenas os pés vagos, indecisos no destino ou como se buscasse reconhecer o caminho que perdeu no desvio. O barulho de chuva cresce gradualmente sobre o telhado de zinco e logo fica constante e interrupto. Meus olhos correm curiosos para identificar o que cada caixa contém, sendo a maioria mista de vários artistas. Outras, porém, possuem tanto material relacionado a apenas um que logo tem seu nome. Deparo com arquivos de fotografias de cantores e grupos em festivais durante a ditadura militar, de textos inéditos e incompletos de Cornélio Pena, discografia de Gonzaguinha, caixa com a primeira edição de *O outro caminho*, de João Mohana, e outras primeiras edições das décadas de cinquenta e sessenta, correspondências trocadas entre ex-presidentes brasileiros, entre tantas variações. Sinto gotas respingarem do teto, o que explica algumas caixas emboloradas. Evito olhar o que está se perdendo ali dentro. Não enxergo o visitante entre os espaços nos armários, muito menos ouço os passos por causa do som nos telhados, saio para tentar me aproximar dele. Atravesso os corredores que separam as estantes, uma a uma, nada. Volto para onde ficam as mesas e o encontro arrancando a fita adesiva que lacra um dos caixotes para desempacotá-la. Paro ao lado pra ver e descobrir o que afinal de contas ele está procurando.

— Você não vai tentar me impedir?

— Te ajudaria caso quisesse transportar todas essas caixas daqui.

Retira papéis de dentro, dá pra ver que estão escritas à mão. Ele move a luminária de pescoço comprido (que é embutido no centro da mesa) para perto dele. Vê folha por folha e separa uma pilha de acordo com o que acha relevante. O monte descartado tem uma caligrafia diferente da que mantém para si. Algum tempo averiguando, volta a pôr na caixa o que não tem interesse, aproveito sua desatenção pra inclinar o pescoço para ver a lateral do pacote à mesa e leio, encabeçado na etiqueta: *Compor pra passarinho* — Hélio Braga. Não à toa as fotos de aves no meio da papelada desprezada, então pendo o corpo a ler qualquer trecho a compreender. Ele espia de canto a curiosidade fuçar seus velhos pertences.

— Foi um projeto em parceria com um instituto de aves, acho que não se interessaria — diz.

— Me conte.

— Pesquisei composições na música brasileira que homenageiam pássaros, este aqui, por exemplo, é o tiê-sangue. — Puxa da pilha a foto de uma pequena ave vermelha-realmente-cor-de-sangue com asas e rabo preto-imponente. — Encontrei um tributo a ele escrito por Hekel Tavares, famoso na voz de Fagner e Nara Leão.

— Que bacana, respondo.

— Deixe-me ver outro — diz enquanto procura um novo misturado às anotações. — Ah, essa música e o simpático passarinho certamente você conhece, "Codinome beija-flor", Cazuza.

— Sim, sim — digo interessado em ver mais um. Ele puxa outra foto, amolecendo a face, e eu pergunto: — O que foi?

— Este é o acauã, música de mesmo nome do pássaro, cantada por Luiz Gonzaga e composta por Zé Dantas.

— Não quero ser indiscreto, mas sua expressão desfaleceu um pouco.

— É que já vi essa ave pessoalmente — fala e faz uma pausa. — Vi há muitos anos e lembro bem disso por nunca ter visto uma espécie dessas na região onde cresci. Só fui rever sua imagem e saber sobre ele quando entrei nesse projeto. — Para pra pensar um pouco e organizar as ideias. — Algumas regiões têm a crendice de que a visita desse pássaro traz mau agouro, que seu canto é pra anunciar a morte de alguém. Deve ter aí alguma origem da era romana quando sacerdotes baseavam previsões e adivinhos do futuro pelo canto ou voo dos pássaros, e eu sei que soa ridículo esse mau agouro, também acho pura besteira, mas fui pego por essa coincidência muito, muito tempo atrás. — Faz outra pausa. — Enfim, essa música retrata essa crendice, mais precisamente que o canto do acauã traz a seca para o sertão nordestino, o que impede de chover.

— Ótimo seria se o acauã cantasse pra gente, né?! — digo e rio. — Essa chuva ainda vai nos engolir.

— É, é — responde e tira uma caneta do bolso, risca o autor do projeto da caixa até se certificar que nome e sobrenome estejam ilegíveis.

Puxa outra caixa do lado escuro da mesa, uma a qual eu não tinha visto antes. O topo da etiqueta traz em caixa alta, CRISTINA ITO — PARTE III. Parte ao meio a fita lacradora e retira saquinhos divisores que embalam mais pilhas de papéis, olha todos e devolve pra dentro os que não são de seu interesse; o restante está catalogado com seu nome. Constata o meu interesse e se alegra com meu silêncio e discrição.

— Uma colega de trabalho reuniu pesquisas pessoais sem o meu consentimento.

— Talvez porque achasse importante guardar pra posteridade.

Olha ao redor e estende os braços em deboche.

— A posteridade tem cara de depósito de lixo — diz e o rosto empalidece.

— Você parece ter feito muitos trabalhos aqui.

— É o que restou, as prateleiras já foram tomadas pelo bolor.

Abre os saquinhos e folheia página por página pra conferir o material; misturam-se escritos à mão e impressões de longos textos. Sigo os movimentos prestando a atenção aos títulos em negrito que surgem de vez em quando e noto repetições e sinônimos para o termo morte: *Ao cerne da morte*, *Morte em preto e branco*, *Enfileirados afunilam-se ao final*, *Morrer por descrer*, *Morte e vida serventia*, *No céu eu vejo seu fim*, *Enterre a terra molhada*, *De colonos ao delírio do dilúvio* (esse texto me parece deslocado dos demais), outros títulos são passados rapidamente e não consigo ler. Satisfeito, enrola os papéis coletados das duas caixas e emboca tudo num grande bolso interno do casaco.

— O que pretende fazer com isso?

— Preciso refrescar a mente, depois me livro deles. Pra sempre.

— É uma pena deixar um conteúdo desses se perder assim.

— Já foi abandonado antes, estou apenas terminando o serviço.

— Está seguindo contra a sua profissão, bem aqui onde trabalhava.

Ri silenciosamente.

— Você é um bom vigia, não deixa passar uma.

— Me formei em direito no ano passado.

# 37

Os barulhos enfurecidos do céu acalentam as estranhezas que percorrem em minhas veias, glóbulos branco-avermelhados e vermelho-esbranquiçados talhando a casquinha pra fechar a fenda aberta que músculo e tendões sentiram ao se romper. As pinicadas abaixo das axilas suadas e os ombros tensos sinalizam que vem chumbo grosso, ou que pelo menos aquele cantinho nefasto do cérebro está ansiando pelo pior. Telefonam às onze da noite e os tremeliques começam, coça que o tio à beira da morte encontrou descanso ou que a prima prostituta foi esfaqueada por um lunático apaixonado. É frio na barriga e a briga na consciência entre querer que não se consuma e o desejo que sim, por favor. Vizinha chega chorando e a ansiedade profunda que diga que o filho perdeu o benefício de encostar no INSS, que caiu o avião do ex-marido que mora na Austrália, que o sobrinho viciado foi ameaçado por traficantes. Quase chego a sorrir quando minha própria filha gagueja ao ser perguntada sobre uso de drogas, responda sim, mãe, fumo baseado, mãe, tenho uma queda por cocaína, mãe, quero ajuda pra sair do crack, e logo vem a vergonha seguida por um não, mãe, mas tirei um seis em matemática. Preparo uma macarronada com milho e ervilha para o almoço, marido não vem almoçar, preparo caldo de legumes para a janta, marido não vem jantar, tomo um chá de uva verde, quando prestes a dormir, ele chega, espero pelo amor, precisamos conversar, estou te traindo com Joana, com a Silvia e com a Marina, gosto de homens e te enganei a vida inteira, odeio nossos filhos, quero pedir demissão e viver de arte, quero mais que você se foda, mas chega e me dá um beijo no rosto, acaricia meus cabelos e pede desculpas, estava fazendo hora extra na firma pra poder pagar viagem nas férias de fim de ano. Viro para o lado e durmo, é inevitável.

Volto do enterro de dona Lurdes saciada e inquieta, relaxada e eufórica. Cruzo com Selma e Vilma na esquina e as abraço, aliso e afago o Simba que está sentado debaixo do pé de jambolão. Inácia desce a ladeira e vou ao seu encontro. Conto tintim por tintim, perdeu o barraco de Elsa, a filha xingando o caixão, o padre errando o nome da defunta. Mais se preocupa do que se extasia e pergunto o porquê, arrepiada. Vai pra puta que pariu, dona Ludiana, agora Elsa é minha amiga, dona Ludiana, a filha da dona Lurdes descobriu que não é filha da dona Lurdes, dona Ludiana, meu filho caiu da árvore, dona Ludiana, o padre tem um caso com a mulher do nome trocado, dona Ludiana, meu ex-marido voltou a me procurar, dona Ludiana, não, não, não, não, não, não.

— Me desculpe, preciso passar na quitandinha do seu Almir, dona Ludiana. — Inácia diz e continua a descer a ladeira.

* * *

Deixamos a mala de Álvara no hotel da avenida Ipiranga no centro. Peço um Uber pelo aplicativo e esperamos, lado a lado no vaivém da calçada movimentada, línguas mudas. Está com a sombrinha armada, desenhos de orquídeas roxa-casa-da-vó, ou outra flor qualquer. Meu enorme guarda-chuva invade o espaço acima de sua sombrinha. Só agora noto; sem querer eu criei uma meia-sombra que está servindo de calha pra derramar água diretamente aos seus pés. Os sapatinhos azuis-perolados estão encharcados e ela não deu nenhum pio.

Indico o Edifício Itália a alguns metros, é um dos mais famosos e antigos de São Paulo, digo. Sorri em afirmativa. O constrangimento me carrega no colo, como da última vez que nos vimos, e não sei bem por que me sinto assim. Vivem me dizendo que o sorriso lustroso que distribuo por aí é o meu cartão de visita, que impressiona e recepciona bem a qualquer um. Baboseira, vivia dizendo desde pequeno, modéstia estava no sangue, ou então não acreditava. A primeira vez que vesti um terno e sorri (num evento de Letras na Universidade de Lisboa quando ainda era estudante), saí quase namorando, talvez aí eu tenha me dado conta do que falavam ou que tenha acreditado. Potencializado pela autoconfiança, a que certamente implantaram em mim, blindei uma personalidade de deputado em eleição constante que só concorre e nunca chega o dia de votar de fato — acena, graceja, sorri; e quando não conquisto alguém de cara, a situação me transforma naquele em quem realmente sou. É o desafio que poucas vezes encontro e que me deixa abobalhado sem muitas referências do que fazer.

— Um dos mais famosos e antigos de São Paulo — repito.

Sorri em afirmativa.

Dentro do carro, olha para as ruas, pessoas. Da outra ponta, olho pra ela. O silêncio persistente não a incomoda. O motorista coloca Gal Costa no rádio. Penso em outro ponto turístico pelo caminho.

— Acha que vamos encontrá-lo? — Me surpreende ao quebrar o silêncio.

— A última vez que eu o vi foi a primeira e única.

— Talvez tenha sido um erro eu vir pra cá.

— Ele é um figurão das ruas do centro, então nós teremos pistas de sobra.

— Humm.

— Posso perguntar uma coisa?

— O que eu quero com ele?

— Exato.

— Reunião de família? Convidar pra ceia no fim do ano? Convertê-lo pra minha igreja? Sinceramente, estou me perguntando a mesma coisa.

Gal Costa vai cantando dentro do carro.

— Ali é o Theatro Municipal de São Paulo.

Sorri em afirmativa.

— Vamos achá-lo e, quando o encontrarmos, você descobre o que dizer. Ah, ali é o Viaduto do Chá.

Sorri em afirmativa, não sei a que se refere exatamente.

— Motorista — digo —, para na Libero Badaró, por favor. — Me viro para Álvara. — Ali é a Prefeitura de São Paulo.

Ela não sorri nem nada.

Estamos vivendo o refrão de "Chove, chuva" do Jorge Ben, o que dificulta qualquer diálogo mais longo com os passantes, tempo que demanda pra explicar características que diferenciem qual mendigo estamos procurando. De acordo com a opinião universal, a que nunca expressam por receio de serem julgados ou mal interpretados, todos têm a mesma cara, a mesma fome, o mesmo odor, a mesma história triste, a mesma preguiça de trabalhar, o mesmo nome popular e provocam a mesma sensação em todo mundo; o morador de rua, seja magro, de cabelos ensebados sem cor definida, ou o que escreve uns poemas, de roupas surradas, todos são iguais, e não importa sexo ou idade, dividem o mesmo corpo e foram espalhados por aí para atrapalhar o trânsito, para obrigar os motoristas a dirigirem com o vidro fechado, para fazerem você se sentir mal por ter dinheiro. São artistas pretensiosos que faliram.

Uma das moças a quem perguntamos olhou para o lado e apontou o primeiro indigente que viu deitado num banco da praça. Não demorou muito para um pedinte ouvir a conversa e se apresentar como a pessoa que buscamos. Álvara quase acreditou ser ele. Caminhamos dando voltas pela Praça do Patriarca. Aconselho a entrar na Igreja Santo Antônio, logo ao lado, por ele poder estar acostumado a dormir nos bancos durante o dia. Recusa, pede para que eu entre sozinho.

— É uma igreja do século dezesseis — digo, mas volta a se recusar. Um estalo me aponta para a saia longa e os cabelos compridos e me faz acordar. — Você é evangélica. — Relaxo os ombros. — É por isso que não quer entrar.

A capela é opaca num tom salmão-magro, a típica e antiga cor amarela-amarela-mesmo de mil quinhentos e pouco; quadradinha e sem muitos detalhes (bem diferente de seu interior), no meio sobe o curto campanário.

— Tudo bem, eu vou entrar e checar todos os bancos.

Sem sucesso, porta afora reparo numa Álvara concentrada num jovem engravatado debaixo da pancada d'água e que anda em círculos no meio da praça; claramente não é quem procuramos.

— O nosso maluco é outro — digo.

De braços esticados, clama ao alto, sozinho.

— Aparentemente não há muitos doidos como esse na sua região — Sorrio por baixo do guarda-chuva. Ela se mantém quieta. — Deseja perguntar algo a ele?

— Não, não, está tudo bem, vamos.

Passamos ao lado dele, que nem reage à nossa presença.

— Transpasse, ó céus, os seus, como eu, tão bom o sou — brada com veemência, com os dedinhos molhados e apontados para o negrume das nuvens, mexendo, implorando.

— Amém. — Ouço baixinho da sombrinha ao lado alguns passos adiante, mas posso estar enganado.

Seguimos caminhando pela tríade Praça Ramos de Azevedo, Praça das Artes e Praça Pedro Lessa. O vazio causado pelo mau tempo nos força a tentar a sorte no Vale do Anhangabaú, onde é cheio independendo do clima.

No começo da noite, acompanho Álvara até a porta do quarto do hotel para combinar o percurso da busca do dia seguinte. A única pista convincente que recebemos veio de um lojista de utensílios domésticos de uma galeria no Largo de São Bento. Disse saber a quem nos referíamos por ajudar moradores de rua e por Hélio ser novo naquela região. O lojista considera novo todos aqueles que estão menos de cinco anos na rua. Comentou tê-lo visto dois dias atrás bebendo uma garrafa embrulhada num papel de pão. Passou em frente à galeria e não falou com ninguém. Álvara, exausta, abre a porta do quarto e me oferece água.

# 38

Comichão na língua, pés inquietos, vizinhança atenta com os ouvidos colados nas paredes geminadas. Não querem perder um tropeço sequer nas palavras afoitas que rondam a noite silenciosa, que nos sussurros parecem uivos do lobo à lua, deslumbrado com o brilho e a camada de luz penetrada em seu ser. É canto de alegria, é canto de alegria. Os astros multicoloridos pintam as flores, o chão, os ânimos. Pouco estão se importando com o chuvisco. A previsão do tempo não tem mais a ver com clima, tem a ver com pular o churrasco do feriado, a estação de festas de fim de ano e ir direto para o Carnaval. Quem precisa se fartar de comida na virada se a boca já está cheia, a barriga pesada e satisfeita? Desejava a morte aos próximos, murmúrios de felicitações à meia-noite para o ano seguinte, hábito de querer bem. Agora a morte tem aroma de enfim, livre, em vida. Carminha já está ligando para seu médico, o mesmo que Elsa costumava ir. Quer xerox dos exames, receita das drogas prescritas, boleto do hospital, qualquer coisa que prove que o fim está próximo, o novo começo, a chegada adiantada do Réveillon de Almirante Castros.

* * *

— Posso me aproximar da sua fogueira?

Diz que sim com a cabeça, receptivo. Continuo:

— Roubaram minha coberta grossa, justamente hoje que a noite trouxe junto o sereno gelado.

Enrolado num lençol com estampa infantil, sento de frente para ele. O fogo magrinho só ganha corpo vez ou outra quando alimentado pelos papéis em sua mão. Imagino ser estratégia para não chamar a atenção da ronda policial, que não tardaria a apagar e nos enxotar desse ponto mais baixo e resguardado do Minhocão. Está concentrado na leitura e, quando termina o outro lado da folha, as chamas tremelicam ao serem estimuladas. Elas ajudam a secar meus pés, expostos pelas laterais abertas das botas.

— Aceita um McDonald's? — pergunto ao retirar as sobras do lanche da caixinha de papel que ganhei mais cedo de um casal jovem que passava. — Tenho batatinhas também.

— Já comi um pedaço de pizza, ganhei agora há pouco.

A claridade que dança sobre a folha me permite enxergar linhas rabiscadas, só não é o suficiente para ler a sentença por inteira. Cada vez que termina frente e verso, suas mãos esmagam as palavras até virar uma bolinha, que logo entra em combustão.

— Eu tenho um Machado de Assis na mochila, interessa? Só não pode queimá-lo.

— Queimar o Machado seria um pecado, e nem acredito em igreja — responde sem tirar os olhos da próxima folha.

— É daqueles mendigos que fazem poemas?

— Nem sequer um verso.

— Conheci um que publicou as merdas pelo que passou, daí saiu das ruas.

— Eu entrei exatamente por isso.

— Se tá queimando o que escreveu é porque perdeu as esperanças de mudar de vida.

— Não posso dizer o mesmo de você já que tem livro na mochila.

— É só uma forma de passar o tempo, na verdade.

— Besteira, se fosse pra se manter entretido ficaria dormindo durante o dia e não lendo.

— Ou queimando palavras. — Tiro um sorriso de seu rosto. — Qual é a sua história?

— A mesma que a sua e de todos os outros, me abrigar no esquecimento, onde fica o lugar mais quentinho — responde e estica as mãos sobre a fogueira.

* * *

Passinhos ritmados na marcação dois-pra-lá-dois-pra-cá, cabeça baixa, braços flexionados e dedos comprimidos, vai com os pés de um lado pro outro girando lentamente, livre, erma e nua na sala ao som de "Tudo o que você podia ser", entregue ao destino preciso e selado, então como sentir a morbidez se está tão viva, mais viva que um bairro que não morre, dança, sorriso no rosto de sarro pra um decesso que fracassa, que mesmo quando vencer terá perdido, dança sobre o solo que um dia vai devorá-la. Os pezinhos enrugados e descalços não se importam, expele a fumaça e traga outra vez, mais fundo e compenetrada, sente a fumaça percorrer todo o corpo no lugar do sangue, abre os braços e gira mais rápida, o mal que a nicotina lhe fazia agora é sem culpa, isso se já houvera alguma culpa, é a cena que corporações do cigarro desejariam em seus comerciais de tevê, a música acaba e desliga o Micro System amarelado ainda rebolando o corpo, tira o Clube da Esquina e pega Cátia de França da coleção de cedês piratas, pressiona a faixa dois, "Quem vai quem vem", deixa o cigarro na boca, bota uma mão sobre o abdômen e levanta a outra, dança juntinho de seu parceiro imaginário, a morte, e intensifica os movimentos num arrasta-arrasta, aqui não cabe o chavão quem dança seus males espanta, rodopia de braços dados com os males, com a doença, com o fim, ergue a voz, repete com a cantora o nome da canção no refrão de duas linhas, e *baracatum baracumbaca*, segue desengonçada desviando dos móveis, logo trocará o artista, outro álbum, faixa três, depois mais um artista, novo álbum, faixa quatro, prosseguindo e montando assim a própria trilha sonora de seus últimos dias como vem fazendo ultimamente.

# 39

É o terceiro dia e ainda sem sinal de Hélio, segundo se calcular que ontem mal conseguimos caminhar. A tempestade que tomou São Paulo derrubou árvores, alagou as ruas do centro que estavam nos planos de percorrermos, até mesmo um pequeno edifício na zona norte desmoronou. Caos. Ficamos presos na Catedral da Sé, onde Álvara foi obrigada a entrar e se abrigar, o que não foi fácil de convencer. Um tempo lá e pediu desculpas por me fazer entrar na Igreja Santo Antônio no outro dia. Confessou que ainda não estava preparada pra entrar em um templo que não fosse o seu, disse ainda que sabia ser besteira, mas um hábito de setenta anos não mudava de uma hora pra outra. Depois de uma pausa refletiu se era mesmo o hábito que não a permitia. Organizou um pequeno monólogo apontando se sentir isolada, por mais que perseverasse a proximidade, o que a levou a conceber que até mesmo sua alma mantinha distância do corpo, principalmente da graça da vida eterna. Deixou-se me abraçar e chorar em meus ombros, o que me desconcertou e ao mesmo tempo me devolveu a tenacidade da qual estou acostumado. Parte dela, pelo menos. Um lado seu eu ainda não conseguia esquadrinhar, me intimidava. Impossível não admitir que minhas bochechas coraram naquele momento, mas isso não impediu o atrevimento de apertar Álvara contra meu peito.

A tempestade continuou pela manhã num tom abaixo ao dia anterior, permitiu fazer perguntas na rua (repleta de bares) onde eu o conheci na Barra Funda. Está agora sentada à minha frente, ansiosa por informações. Tivemos a sorte de encontrar um dos locais onde Hélio trabalhou e que costuma beber com frequência.

O dono pediu para que nos sentássemos, iria atender outras mesas e logo almoçaria com a gente.

— Acha que ele sabe onde podemos encontrá-lo?

— Vamos manter baixas as expectativas, senti que ele tem interesse em achá-lo também.

— Por que deve dinheiro a ele?

— Não duvidaria.

Senta com a bandeja cheia de copos e pratos sujos empilhados, quer saber o que desejamos comer. Indica estrogonofe de frango, o melhor da região segundo suas próprias palavras. Peço risoto de shimeji, Álvara, o estrogonofe, e aproveita pra se apresentar como a madrasta de Hélio.

— Eu o conheço há um longo tempo e nunca me falou da senhora — afirma desconcertado. — Mesmo a morte do pai, só deixou escapar pelo alto nível de álcool no sangue, se me lembro bem foi na noite em que ficou sabendo. — Pigarreia para continuar. — Pois bem, vou mandar preparar o prato de vocês.

É um homem de baixa estatura que parece maior quando sentado, o que ocasiona certa decepção ao se levantar. Um resto de cabelos ralos, crespos e grisalhos projetam ainda mais simpatia ao sorriso terno que nos entrega antes dos ombros curtos e mãos pequenas balançarem até a cozinha num avental de limpeza impecável, vai e deixa pra trás um aroma de limão.

— "Refém da solidão".

— O que disse?

— Baden Powell, Paulo César Pinheiro, na rádio. Não ouvia há muito tempo.

— Ah, sim.

Com as mãos sobre a mesa, inclina a cabeça e fecha os olhos num esforço de ouvir melhor a música que toca. Fico a pensar se os ruídos são da música antiga ou das caixinhas de som espalhadas pelo bar. Sorri harmônica, vibrando de levinho com os dedilhados da viola.

— Percebi que tem algo por trás daquela música — digo assim que toca a próxima da playlist.

Abre os olhos querendo voltar a fechar por vergonha.

— Não é nada.

Junto minhas mãos com as dela.

— Vamos, conte-me.

As bochechas coram, as mãos permanecem.

— Passei uma temporada morando em São Paulo com meu primeiro marido. — Faz uma pausa como se estivesse avaliando se está mesmo interessada em se aprofundar no assunto. — Enfim, ele me levou pra assistir uma apresentação do Baden Powell.

— Não fazia ideia que já tinha sequer pisado em São Paulo anteriormente.

— De imediato, não me animei muito com os choros de viola e toda a melodia melancólica, ainda não me interessava em demasia pela tristeza, jovem demais pra entender, mas "Refém da solidão", ali naquela tarde, de alguma forma, aguçou meus sentidos, foi quando eu comecei a enxergar, de mãos dadas ao meu marido, que eu estava o perdendo.

— Pelo seu sorriso, há pouco, imaginei ser uma história feliz.

— Queria que você pudesse enxergar um pouco através dos meus olhos.

— Não sei bem se entendi.

— Eu não estava perdendo-o de verdade, perdia todas as coisas ao mesmo tempo em que não perdia nada. Tanto fazia, eu começava a apreciar somente os detalhes do momento presente e a canção dizia isso por mim. Enquanto era tocada, meu marido apertou minha mão, pressionou os dedos sobre a palma, quente como aquele dia, sorria sem olhar pra mim. Foi o maior momento de intimidade entre nós dois.

O dono do bar volta seguido por um garçom carregando nossos pratos, dois estrogonofes e um risoto. Estamos os três sentados, o garçom deseja um bom almoço e sai. Surge um instante de remanso, ninguém encosta nos talheres. As troadas de garfos das outras mesas ganham força, das caixinhas de som vem uma introdução melódica distorcida em ondas.

— Vamos almoçar ao som de Walter Franco — o homem diz inaugurando a garfada.

— Achei muito agradável o que toca no seu restaurante, uma pena que outros lugares não fazem o mesmo, resgatar relíquias que caíram no esquecimento — Álvara fala já pegando os talheres.

— Que engraçado a senhora dizer isso, Helinho dizia o mesmo, tanto que foi ele quem selecionou essas músicas, toco a mesma lista desde então.

* * *

O que tem lá do outro lado? Ou não seria lado? Pra cima, pra baixo? Aqui é o meio ou o meio é um tantinho mais alto, o Purgatório? Um Almirante Castros dentro de outro Almirante Castros? Não suportaria, ou sim? A irmã foi pra onde? Direto lá em cimão? Viveríamos juntas numa vida eterna? Existem estágios antes de subir? Seriam vários pontos pra passar como linha de ônibus, haveria um ponto final? Não teria saco pra transporte público ruim em outro planeta, ou seria bom? Lá é melhor que essa bosta que temos? Me contentaria com táxi de graça, mas finalmente a gente seria feliz? Eu sou feliz? Sou? Essa vida desgraçada é a felicidade? Sei perceber se é? Alguém sabe? Acredito no divino, que as alminhas saem do corpo? Devo me converter enquanto é tempo? Converter no quê? Qual é o caminho certo? Tem um? Nunca pisei em areia de mar, e se Iemanjá for minha rainha-guia? Deveria ter pensado nisso quando era menina? É tarde pra esse corpo velho achar um lugar bom pra ir? Iria com essa forma embrulhada de rugas? Com rostinho lisinho, peito empinado? A gente reencarna no mesmo lugar, tem a mesma vida? Como o Zé vai ficar quando eu for? Sobrinha? Se fizesse o tratamento eu teria como me curar? Iria querer isso? Vou enxergar tudo escuro quando morrer? Não gosto de escuridão, e meu outro eu gosta? Posso chamar de outro eu? Aquela anta fez as mesmas burrices que essa? Serei rica? Existe dinheiro? Se tiver igreja lá, por que rezar? Já não está no Céu? Tenho medo de morrer? Por que me pergunto isso? É medo do medo de morrer? Da dor? Alma tem pulmão, dá pra fumar? Me arrependi do que fiz? Como sei se algo é ruim se me fez bem? Eu precisaria de mais noventa anos pra pedir perdão? O que teria feito de tão errado pra ir pro Inferno? O que teria feito de tão bom pra ir pro Céu? É tarde demais? Mas tarde pra quê? Me preocupar na beira do precipício, prestes a cair, por quê? Nem sei se acredito nisso tudo, e me preocupar, por que e pra quê? Quando morrer acaba tudo, é um vazio?

# 40

O aroma gelado da manhã se arrasta pela tarde, primavera já não é primavera há um bom tempo. Está meio escuro e sem cor, brisa cortante, sinto cheiro de casa, ex-casa. A corrente de ar vai entrando enquanto seguro a maçaneta da porta, consternada.

— Achei que nunca mais te veria.

— Meus pés me trouxeram e só percebi quando já estava aqui em frente.

— Não seria a primeira vez, mas faz tempo desde a última.

Abandono a entrada e sigo corredor adentro. A porta fica aberta, e ele, de pernas juntas, esperando. Espio sobre o ombro, as mãos dentro do casaco imundo, imóveis, procuram a mesma coragem dos pés. Finjo naturalidade, hábito se perde com as voltas do relógio. Perdi as contas de quanto rezei pelo seu descanso eterno sem fazer ideia se estava vivo. A gente se adianta quanto às notícias ruins, um tipo de preparação para encarar o pior, talvez. Bloqueia a pouca luz que entra da rua, olha para o alto. A previsão de chuva é para qualquer horário do dia, tanto agora quanto mais tarde, é o que estaria esperando pra entrar? Uma desculpa climática para se sentir convidado? Minha língua dorme como as suas mãos.

Começam as gotas vindas do céu e fazem com que passe para dentro, a chuva trabalha a seu favor. Encosta a porta de volta ao lugar com muita calma para não atrair atenção.

— Frutas vermelhas ou erva doce?

— Sinto falta dos seus chás.

— Frutas vermelhas, então.

A água está no fogão, nós dois na pequena mesa da cozinha, calados. Comprimo os braços debaixo do poncho de lã nude-rosadinho listrado. Evito movimentos bruscos como fechar a janela que está aberta. Desejo que ele é que comece algum assunto mesmo sabendo que a derrota é um fato certeiro, é sagaz em manter-se mudo por longos períodos. O som externo aumenta gradualmente e nem ligo para futuros móveis mofados, suas mãos voltaram para os bolsos. Está magro, os poucos músculos se foram. Não consegue me olhar, vê mesa, cadeiras, utensílios espalhados pela bancada e da pia quase limpa, somente com farelos do café da manhã e casca de mamão.

— Não mudei o marrom-graxa dos armários até hoje.

— Por um momento achei que o ambiente pesado vinha de mim.

— Ainda penso em mudar pra marrom-azeitona.

— Continua marrom-cabeça-dura.

— Ou marrom-bombom.

— Marrom-só-marrom.

— Marrom-que-tal-mais-pra-verde?

— Marrom-finalmente-aleluia.

Rimos e voltamos a passear os olhos. Sirvo o chá na caneca que costumava usar, a única com a alça na qual entravam seus dedos. A mão desliza para que a sua palma possa sentir o calor da porcelana, e nem percebe que é a tal caneca estampada com o seu poema favorito da Hilda Hilst. Afinal, hábitos não morrem, apenas adormecem no fundinho dos lobos temporais onde se guardam memórias da infância que nem sempre são como realmente são, que dividem espaço com a memória dos candidatos que votamos para deputado federal e estadual, dos chutes dentro do útero, dos aniversários dos parentes, das ideias que tivemos prestes a dormir, dos sonhos ao acordar, do que precisava comprar no supermercado e do dinheiro guardado no bolso da calça que foi pra máquina de lavar.

— Você está morando na rua?

— Não moro em lugar nenhum na verdade.

— Acho que significa a mesma coisa.

— Bonita aliança.

— Ela é bem recente.

Dá um gole e aperta a caneca com firmeza como se quisesse sugar todo o calor despejado pelo chá, tanto pela mão quanto pelos lábios. Digo que estou em um novo emprego, um novo concurso público e ainda à espera de outro. Escuta com atenção, mas como se não quisesse escutar, não me calo. Explico que minha função principal é encontrar patrocinadores e a arrecadação de verbas para eventos e exposições.

— Você era uma ótima pesquisadora — diz.

— Infelizmente, o que mais gosto de fazer, não é de muito interesse para a instituição no momento — respondo e tomo um gole do chá.

O temporal aumenta, ele olha pra fora.

— Aquela minha pesquisa previu toda essa chuva que não para.

* * *

— E quando é que a senhora planejou em contar isso pra gente?

— Eita lá, buçanha, quem pensa que é pra saber da minha vida?

Sua irritação extrapola a minha e me faz reduzir os ânimos. Não tardou para o boato chegar em mim, queriam saber mais, dar nome à doença que a matava. Minha proximidade com Elsa nos últimos meses desencadeou aborrecimentos à vizinhança, juravam que troquei de lado. Nem assim deixaram de vir perguntar sobre as últimas novidades, vir até mim, o folhetim de Almirante Castros. Duas ou três puxavam a barra do meu vestido, qualquer palavra, por favor, umazinha, ansiavam. Não pensei duas vezes, vim até a casa de Elsa sem ao menos falar sobre isso com alguém. Queria respostas, nem de um nem de outro, a própria fonte é que sanaria a minha sede, mais que sede, a angústia pela traição, a faca nas costas que a amiga enfia em não contar sobre a própria morte. Como ousa se aproximar sabendo que não é por inteira, que parte de si mesma distribui para o mais popular desse bairro?

— Como ousa?

— Quer que eu me desculpe por estar morrendo? — grita.

— Por que não contou que sua tia está a caminho da cova? — Me viro com o dedo levantado.

A sobrinha de Elsa se retém, calada.

— Abriu o bico pra esses vizinhos miseráveis e agora vem me cobrar?

— Eu devia é falar o quanto você é amarga, azeda, ácida.

— Era só o que me faltava.

— Contou pra sua amiguinha Álvara e me deixou de fora.

— Era só o que me faltava.

— Se arrume que a gente vai na Zilu.

— Acha que simpatia vai me curar do câncer, mocoronga?

— Troque esses trapos e vamos, eu pago a consulta.

* * *

Outra vez os desalinhos do cômodo ao lado, o controle caído no chão abafa as palavras pesarosas que tanto os ouvidos preferem desligar. Nara Leão de fundo, baixinho, pra refrescar os graves que entram. Os calcanhares vão batendo, pulam repulsivamente, a conversa engrossa. Foco a concentração para além da porta da varanda. De cima do sobradinho, avisto as três armarem as sombrinhas e subirem a ladeira na direção que todos tomam quando algo vai mal, a rápida peregrinação de penitência rumo ao indulto.

— Vocês precisam se benzer também — grito para o quarto ao lado.

# 41

— Infelizmente eu não faço ideia de onde ele esteja. Algo nele mudou. Seu percurso entre bares era levado religiosamente, faz tempo que não ouço algum frequentador daqui dizer que esbarrou e bebeu com ele em outro lugar, não o vejo desde seu último dia de trabalho.

— Recebemos respostas parecidas de outros locais — Álvara diz.

— É uma pena — lamento.

— Sabe, eu realmente me importo com Helinho. Um rapaz inteligente, meigo de um jeito todo dele, o acolhi por um tempo na minha casa, minha esposa sente o mesmo que eu. É o filho que nunca tivemos.

Os pratos estão sujos e o lugar esvaziou quase que completamente. O rosto do homem à nossa frente é de tristeza, como se uma criança estivesse desaparecida. Álvara não fica muito atrás, mas o semblante parece vir de outro estado, um mais árido e seco. A escassez de uma é o esbalde de outro. Descreve causos em detalhes, é do tipo que não liga se uma mesma história leva horas para ser contada, se orgulha da integridade e do caráter do "filho" poeta--fajuto, mesmo tendo um probleminha com álcool. Recita um dos poemas que decorou, o predileto e da autoria daquele jovem, seu filho adotivo (que na verdade é poema de Fagundes Varela). Usa o termo filho em diversas ocasiões, algumas nem fazem sentido dizer, chego até perceber que os ombros de Álvara encurvam a cada repetição. Levanta a mão ao garçom mais próximo bem no meio de uma história.

— Petit gâteau para os dois — ordena.

— Ele não tinha uma casa ou algo assim? — Álvara aproveita a pausa para interrompê-lo.

— Alugava um espacinho até ser dispensado do concurso público, algo assim.

— Concurso?

— Não sabiam que ele trabalhava num instituto de artes da cidade?

— O pouco que sabia foi cortado de vez quando a irmã faleceu.

— Foi nessa época que morou na minha casa, ficou quase um mês recolhido no quarto, devastado. Não sei se ficou tão mal pelo emprego em si, ele gostava e tal, só que acho que tem mais a ver com as relíquias nas quais ele tomava conta. Nas choradeiras de desabafo, Helinho só tocava nesse ponto. Um dia era sobre a história se perder, em outro eram as raízes do ser humano serem cortadas, a base e as memórias que constroem a sociedade, etecétera e etecétera, e a cada dia se aprofundava no assunto e no sofrimento. Soava estranho porque todas as preocupações envolviam pessoas, e ele odeia pessoas. — Faz uma pausa. — Imaginei que seu último sumiço foi devido à morte do pai, mas acreditei que o luto duraria menos do que o da irmã já que não se davam bem. No fim das contas eu não o vejo até hoje.

— Acho que sumiu por sumir, não ligava pro pai, pra família, pra nada.

— Se serve de consolo à senhora, acredito que na noite que soube do pai ele tenha bebido mais do que em qualquer outra noite. Por estar triste? Não saberia dizer.

Chegam as sobremesas e Maria Bethânia canta sem nenhum estorvo. Na primeira colherada, concluo que não encontraremos Hélio e me entristeço por Álvara. Ele não quer ser encontrado, não liga a mínima pra laços familiares, muito menos pra esse homem que acha ser seu pai. É visível a relação unilateral que havia, somente o pobre idoso não percebeu. Aproveitou o que pôde e caiu fora. O mesmo diria para a madrasta, veio buscar o menino que não quer ser levado. Como revelar que perde seu tempo vasculhando a cidade baixa em vez de estar admirando as belezas da capital?

— Não tem Roberto Carlos nessa lista?

— Helinho acha superestimado.

Não possuem semelhanças, é evidente a distância entre os dois. Álvara entrou em um caça-tesouros pra esmiuçar afinidades que não existem. Não há uma obrigação entre eles, foram abençoados pela genética a seguirem livres nas suas próprias decisões, escolherem com quem querem ficar. Dádivas como essa não podem ser ignoradas, a árvore genealógica foi quebrada, então, por que procurar enroscos em alguém problemático se foi liberado de tal função? Hélio aprendeu isso antes mesmo de arrancar à força as raízes que o prendiam, resta à outra assimilar também, e não é capaz de instruir-se sozinha. Quero encontrá-lo tanto quanto ela, mas pelas razões corretas, mais concretas do que ela tem a oferecer.

— Acho que já estendemos demais o tempo desse bondoso senhor.

— Como não percebi isso antes. — Álvara deixa os talheres de lado e puxa a carteira.

— Eu pago, não se preocupe.

— Por favor, a refeição é cortesia da casa já que foi um almoço em família.

Passamos o resto da tarde dentro do táxi, principalmente pelas ruas que Hélio não deve passar. Fomos coagidos a transitar na lentidão causada pelo dilúvio que se abriu, o que pressionou Álvara a manter o diálogo apenas comigo. As desatenções tendiam a olhar pra fora, na esperança de topar com quem veio buscar. Cutucada pelos ombros, desculpava-se, se dizia cansada, não sabia por que, talvez pela falta de casa, talvez por ser velha ou quem sabe pela capital sugar todas as suas energias. Era como se sentia quando vivia em São Paulo. Agradeceu pelo tempo que me dediquei em ajudá-la, e logo a desatenção voltava e a perdia para o nada. Não desistiu de um vestígio inesperado até descermos do carro.

Mesmo relutante, novamente a acompanho pelos corredores dos quartos do hotel.

— Vou embora amanhã.

— Senti o seu desânimo no caminho.

— Se disser que ainda há alguma chance de encontrá-lo, eu fico.

— Não vale a pena.

Tira o cartão e encosta no sensor que abre a porta. Se vira pra mim, me olha por algum tempo, agradece de novo pela ajuda. Oferece água:

— É mineral, diz.

— Estou bem. Mas, se quiser, podemos tomar um vinho em algum restaurante aqui perto.

— Não bebo, não gosto. — Os olhos castanhos-tristes mal piscam, o rosto que cora com facilidade já não está tão corado. Apoia o calcanhar para que a porta não se feche, a respiração fica ritmada.

— Posso ajudar em mais alguma coisa? — pergunto.

Ela engole a seco:

— No quê? Já fez tanto.

— Me diga você — insisto.

Os braços tremelicam, assim como os lábios. Não pisca, ouço o coração sambar.

— Acho melhor eu ir. — Sorrio.

Agarra meu pau e segura com força. Não fala nada, apenas aperta com firmeza. A desatenção foi-se pra sempre. Boto as duas mãos na sua bunda, magra e não muito mole, e a beijo. Levanto-a com facilidade e nos direciono para o quarto. Paro ao pé da cama, com ela ainda suspensa pelos braços. Antes de jogá-la sobre o colchão e deitar por cima para tirar sua roupa, eu a encaro.

— Diz que me ama.

— Mas eu não amo — responde.

— Eu só consigo assim.

— Eu te amo.

* * *

O pé-d'água não amansou. Tentou se despedir algumas vezes antes de escurecer, o impedi. Havia um incômodo, ambas as partes, deixei a minha pra lá. A dele persiste. Preparei o jantar, nada de complicado, cozinhamos juntos por insistência dele. Macarrão à carbonara, remissão pela última tentativa ter se tornado numa pasta sem gosto. Na adega de madeira, embutida no tal armário marrom--sem-definição, restava uma garrafa de vinho. Presente de alguma visita. Ninguém comentou o sabor horrível e aguado, apenas um risinho covarde. Cogitei oferecer o chuveiro para que se banhasse, relutei com mais um risinho covarde assim como deixar à disposição minha máquina de lavar. Afinal, não estava tão ruim pra alguém que não tem onde morar. Sentamos para comer, novamente meio calados, meio com velhas piadas. Levamos rasteiras, o que era pra ser não é, o que deveria ter sido não foi. Ser humano não serve para planos. Eis a prova: à mercê, sabe-se lá de quem, é servida a última ceia. Nunca mais nos veremos a partir daqui, é o motivo da água não ter fim, é a dádiva, é a infração, nos é dado só pra ter a graça de tirar depois, quem tem um teto, quem não tem, dá na mesma, o pecado é o mesmo. Os dois sobre a mesa esvaem pelo ar como o vapor do espaguete dentro da travessa de vidro, esfriam depois de uma rápida performance. A simetria nunca prometeu ficar para o café da manhã.

# 42

A tia não atende aos chamados pra levantar. São quase onze da manhã, renuncia ao próprio repúdio de não passar das sete na cama. Primeiro pensei no pior, fui até o quarto e fui recebida às ofensas. Tio Zé tentou uns chamegos e carinhos, o coitado levou um soco nas costelas. Batidas na porta da frente e dona Inácia, parada na soleira, pergunta por ela. Entra e vai direto pro quarto, preocupada por ainda estar deitada.

— Abriu um solzinho, vamos levantar antes que a aguaceira volte.

— Mas já está aqui de novo? — grita e joga o travesseiro.

Vinte minutos e está de pé, o estresse despertou junto. As investidas para animá-la são inúteis, não cede. Compreensível pra quem está com os dias contados.

— Pensei em tomarmos alguns gorós. — Dona Inácia sorri.

— Até que enfim uma ideia boa dessa goiaba.

No primeiro pé pra fora de casa, apoia as mãos nos joelhos, se agacha e vomita sangue. Dona Inácia, desesperada, a segura pra não cair. Caem as duas. A tia balbucia algo contra ela, mas é freada pela cólica no abdômen. Como o tio foi ao mercado, pego em um dos braços da tia para trazê-la pra dentro, dona Inácia se atém ao outro. Tia Elsa não recusa o socorro. Em curtos passos, a colocamos na cama e vou direto ao telefone pra chamar o Samu. É então que consegue falar.

— Não quero, não quero hospital — braveja.

— Não tem o que querer, vamos menina, ligue — dona Inácia brada ao seu lado.

Imóvel, sem reação com o gancho do telefone na mão, me pego a refletir com o que a tia quer.

— Tá esperando o quê? Ligue.

Contrariar as vontades da tia sempre traz à tona uma piora considerável, é pura teimosia recusar tratamento, remédios são apenas pra diminuir as dores, e penso até que ponto eu posso interferir.

— Não quero, não quero, não quero.

— Vai, menina, ligue, ligue logo.

No fundo, mesmo achando que não, estamos sempre obedecendo alguém, e quase nunca é a voz da razão.

— Vou trazer uma latinha de cerveja pra senhora, tia.

O rastrinho de sol se vai e a chuva chega pesada, lava a frente da casa suja de vermelho-fundo-do-estômago. O quarto está quieto, os incômodos passaram e voltou a dormir. Dona Inácia se negou a sair aos mandos da tia, só veio ao meu lado no sofá da sala após a enferma dormir.

— Tô muito triste com isso tudo — diz dona Inácia. — Álvara deveria estar aqui nos ajudando.

— Dona Álvara ainda não sabe sobre a tia.

— Não? — O espanto quase precede uma euforia. — Coitada... — O tom diminui. — Com certeza, se soubesse, estaria aqui, todas juntas.

Nos últimos dias, a fraqueza tem aparecido com mais intensidade em tia Elsa. Vem e some, vem e some. Nunca comeu muito bem, e não é agora que quer começar. Telefonei em segredo para o médico alguns dias atrás, relatou que isso aconteceria. Não disse muito o que fazer, deixou no consultório a receita de analgésicos levanta-

-morto, tarja preta à base de morfina e codeína, sugeriu apenas quando a dor for extrema devido às reações dos efeitos tóxicos.

— Como esclareci a vocês durante aquela consulta — o doutor disse ao telefone —, o estágio de sua tia é avançado e, com ou sem tratamento, a doença não vai regredir a ponto de desaparecer, sinto por isso.

Aumentamos as doses na última semana, talvez por isso aparentava se sentir bem, mas li em um blog sobre medicina que isso era um risco à saúde e que era questão de tempo pras coisas desandarem. Foi necessário o aumento da dosagem pra surtirem os efeitos das drogas, o que resultou numa bomba relógio. A tia pediu hoje pra que aumentasse ainda mais, recusei. O artigo do blog dizia ainda que as reações poderiam sobressair às inibições das dores. Não sobram boas opções: cortar os remédios agora poderia induzi-la a um coma pela dependência ser semelhante aos entorpecentes ilícitos; continuar pode conduzi-la a uma overdose. Percebo que dona Inácia está enfiada em um monólogo, tento e não consigo ouvi-la. As decisões sobre a vida da tia que cabem a mim me espreitam cada vez mais. Fala e fala e fala e só vejo a boca mexer. É tudo o que ela não queria. Lutou contra a vida inteira, queria tudo ao seu comando, nenhum detalhe passou despercebido, mas a escolha de seu fim foi parar nas mãos de outra pessoa, daquela que lutou a vida inteira querendo fugir dessa responsabilidade. Segura meus ombros, fala mais alto e meus ouvidos não atendem. Pobre tia, merece muito mais que se afundar numa doença que a devora por dentro. Dona Inácia levanta, grita numa mudez que não compreendo e corre para o quarto. Debruçada em cima da cama, vejo que os vômitos voltaram, não consigo levantar, falar, ouvir, não consigo.

* * *

Nuvens diabólicas estão correndo pelo céu, têm formatos esquisitos que me lembram de algum conto de Edgard Allan Poe ou daquela passagem da Bíblia sobre fim dos tempos. O noticiário da noite informou algo sobre um ciclone subtropical estar sobre nossa cabeça, não sei bem o que significa, só que nunca é bom. Não descobriram a origem, apenas que quer nos matar. Em algum lugar por aí um vidente acertou esse prenúncio e nem ao menos sabe disso, previsão do tempo e previsão de cartomante se cruzaram. No começo os meteorologistas anunciaram serem apenas chuvas de verão, verão se foi e os meteorologistas asseguraram ser provisório, um caso extra corriqueiro, nada pra se preocupar, os alagamentos se intensificaram e os meteorologistas manifestaram que previsões são previsões, erra-se um pouco aqui, erra-se um pouco ali, mas água é vida e o temporal ajudaria a encher os rios. Os rios transbordaram, casas foram destruídas e arrastadas e os meteorologistas relataram problemas graves no saneamento básico das casas populares e das cidades pequenas. Cobraram das prefeituras e subprefeituras da capital onde despontaram urgências, devidamente notificadas conforme as denúncias. Os meteorologistas declararam haver um problema maior, algum deus grego zombeteiro pirraçava com a população, mas logo tudo iria passar, passada a graça da piada, os meteorologistas proclamaram melhores direitos trabalhistas, nunca haviam trabalhado tanto e o sindicato lutava por salários maiores e mais espaços nos jornais da tevê. Judicialmente vencedores, os meteorologistas tiveram uma edição inteira no horário nobre pra declarar que não faziam ideia de quando a enxurrada iria passar e do motivo dos céus castigarem grande parte do povo brasileiro e outros povos no planeta. Ainda arriscaram uma piada sobre construir uma arca, como a de Noé, o que não pegou muito bem e ocasionou uma histeria coletiva. O âncora do jornal, o não meteorologista, nos dois minutos que lhe ficaram destinados, informou que Norte e Nordeste continuam com um sol maravilhoso.

# 43

Mesmo de olhos fechados, eu sinto a presença da buçanha na beira do colchão e da sobrinha em pé, de tocaia no batente da porta. Estão desapontadas, e não é pra menos, ainda estou viva. Ninguém paga pra ver somente a metade de um concerto. O melhor ainda está por vir, canhões de luz apontam para o clímax. O abdômen dói e parece que estou com o rim entalado na garganta, prestes a cuspi-lo. Os trovões não me assustam e nem despertam porque já não durmo. Seria um desperdício deixar de assistir às ruínas do monumento mais antigo do mundo tombarem de vez — caso não existissem formas de restituí-las.

— Está muito escuro lá fora.

— Ainda é de tarde, tia.

— Tadinha, sofrimento faz o tempo passar devagar, né não?

— Sua voz me faz querer morrer mais rápido — me alivio a dizer.

— Dona Inácia tem me ajudado bastante.

— Ela quer se certificar que vou ser torturada até o fim.

— O Mateus fez um desenho pra você, Elsa.

Pego e dou uma boa olhada, tem um boneco de palitos e de cabelos curtos no centro de uns rabiscos ondulados azul-recém--nascido cheio de estrelas tortas ao redor.

— Fala pro seu filho nunca pensar em ser desenhista.

Sobrinha chama minha atenção.

— Pede pra ele ficar no futebol, tem mais futuro lá. — Olho pra sobrinha. — Viu? Posso ser agradável de vez em quando. E Álvara, nem sinal dela?

— Ainda em São Paulo atrás do enteado.

— Tomara que não volte pra esse fim de mundo, senão morre logo depois de mim. Se alguém merece ter um final feliz é aquela velha.

— Se basear no pensamento das pessoas de Almirantes Castros, morrer seria o final feliz de Álvara — a buçanha diz — Ela não tem muito mais o que fazer por aqui, não tem mais ninguém, então, morrer seria um livramento pra ela.

— Pronto, já tá querendo matar a mulher.

Sobrinha traz uma sopa de tomate.

— A senhora precisa de líquido — diz.

Não recuso, só que mesmo o líquido desce rasgando pela garganta. O aroma da sopa se vai com o prato vazio, e só então percebo o quarto cheirando a doente, vômito de ontem. Quero levantar pra limpar, não consigo. Sobrinha já desinfetou o chão, o cheiro vem de mim. Esse odor não vai sumir enquanto eu não morrer, é assim que a coisa vai funcionar. Gostaria de um banho, morrer limpinha, não consigo e que queime vivo aquele que vier se oferecer pra me banhar. Sem hospital e sem enfermeira. Desejo dignidade, vejo as solas sujas dos pés. Sinto cosquinhas no fundo da barriga, de primeira imagino ser outra ânsia, mas é a digestão de um estômago há tempos sem alimento. O que mais quero é dignidade, é só eu partir pra vizinhança rir da minha desgraça, já riem. Não terei esse fim.

— Imundície, some do quarto que eu preciso falar a sós com a sobrinha.

* * *

A noite deu aviso de despejo ao dia assim como a garoa mandou embora o festival de relampeio. O quarto é de um repleto silêncio enquanto estou entediada no sofá, à espera. Elsa dormiu ou morreu, o que mais teria pra fazer esse tempo todo na minha ausência? Pela janela, eu vi vários vizinhos passarem, curiosos, doidos por qualquer palavrinha. Chispei todos daqui. O relógio biológico reclama que já está perto da hora de dormir, os ponteiros pendurados na parede da sala confirmam: é quase meia-noite. Lentamente, a maçaneta vira.

— A senhora ainda está aqui, dona Inácia.

— Mateus sabe fritar ovos muito bem.

Trava a porta logo após sair e se senta ao meu lado.

— Morreu?

— Dormiu. E o tio?

— No quartinho dele.

O rosto de Álvara surge na janela.

— Vi as luzes acesas. — Abre a porta e carrega a malinha pra dentro. — Cheguei agora, só vim dar olá. — Percebe nossos semblantes caídos, jogados no estofado. Vira para os dois lados pra checar o lugar: — E dona Elsa?

Peço para que se sente.

— Tenho um assunto muito importante pra te dizer e não vai ser fácil. — Conto o que todo bairro sabe, conto o que só ficou entre nós, dentro de casa. — Sinto muito saber desse jeito, não é fácil pra nenhuma de nós. — Enxugo os olhos lacrimejados com a barra da saia.

Álvara, imóvel, pede pra vê-la, olhos que não acreditam e precisam confirmar que a pobre mulher está no leito de morte.

Levanta e anda, coloco meu braço ao redor da sobrinha, que se mantém estática. Gira a maçaneta devagar pra não acordar a moribunda. O cheiro de vômito não está tão forte. Dá uma boa olhada e acende a luz.

— Não tem ninguém aqui — diz.

## 44

Já não é tão fácil lembrar os dias de sol, não que esses dias sejam ausentes de tristura, nem é por causa da temporada nublada e escura que estamos passando. Tem a ver com a longevidade do corpo e dos membros, o que não acontece com os pensamentos, só que com as falhas e deterioramentos as memórias vão sendo varridas pra debaixo do tapete por um faxineiro preguiçoso: elas continuam ali, mas fica cada vez mais complicado de detectar esse montinho de sujeira. O tempo engole nosso próprio tempo.

Aquela menina emburrada, escorada na janela da sala de aula, que usava calças de uniforme ao invés da sainha azul-fundo-do-mar como das outras alunas, segue viva na minha mente. Maria João, Maria João, é assim que a chamavam por causa do cabelinho curto sem chuquinhas purpurinadas. Não sabia, achava que seu nome fosse mesmo Maria João, e foi com o meu pescoço retorcido e enlaçado em volta de seus braços que descobri o verdadeiro: Elsa.

No dia seguinte, ou na outra semana (o faxineiro passou por aqui), pediu pra namorar comigo, e só pediu porque ouviu das crianças mais velhas que apenas namorados podiam brincar nos túneis de tubos de concreto coloridos. Anos mais tarde, reclamou que a culpa de estarmos juntos era de alguma garota imbecil por ter dito aquilo. Nunca terminamos. Continuamos namorando mesmo após descobrir onde verdadeiros namorados brincavam, tempos depois. Vez ou outra se queixava também que o comodismo de já estarmos juntos a sentenciou a uma vida inteira comigo, dizia que eu era o maior culpado por não ter lhe dado motivos pra terminar comigo. Somente adultos é que descobri que as calças do uniforme eram pela falta de dinheiro da família, eram usadas pelo irmão mais velho e depois por Elsa. Motivo de comemoração de sua parte por odiar saias, assim como odiava as artistas que mostravam os tornozelos na tevê; ela era cobrada pelos pais, tios e avós a fazer o mesmo na adolescência. Foi quando sugeriu de fugirmos juntos. Morar longe, muito longe de Almirantes Castros. Não fugimos e ainda por cima deixamos a escola pra ajudar na renda de nossas famílias. Quando casamos aos dezesseis, morando de aluguel no quartinho dos fundos de um casal de primos dela, não paramos de ajudá-los. Foram muitos os dias que vivíamos forrando o estômago com serralha pra não passar fome. A gente considerava a plantinha amarga do quintal como membro da família. Trouxemos uma mudinha quando viemos pra casa atual, o pé está enorme e agora serve apenas de enfeite.

Quando uma de suas irmãs mais novas engravidou, pediu novamente que fugíssemos. Vamos embora, vamos embora já e largar tudo. Não fomos. Seria cobrada por ainda não termos filhos, ideia que abominava. Estávamos juntos há anos e parentes de todos os lados nos criticavam. Filho traz bênção, filho traz renovação, filho traz felicidade. Não quero nada disso, retrucava. Eu desejava, mas só se ela quisesse, sua companhia me bastava. Mas a vida debocha das nossas escolhas, não tem que querer, ela dá e tira o que bem entender. Nos tornamos pais aos cinquenta e cinco, quando a velhice começou a chuchar a lombar, tudo pra avacalhar a vida de um casal que nada entendia de crianças. Sobrinha chegou em casa aos três de idade, sabia que não éramos os seus pais e não se importou em ficar. Foi ela que nos deixou criá-la, facilitou tudo pra gente por ver que tudo iria mal se não ajudasse. Preencheu o espaço que não sabíamos faltar em nós. Às vezes acho que isso é só uma desculpa pra dizer que somos felizes com a criança porque o ser humano se adapta a tudo, mas é o clichê que mais gosto: me fez amar ainda mais o meu benzão, é do lado da família dela que veio o presente. Da dor em perder a cunhada e o cunhado, brotou pais que não desejavam existir, principalmente pra benhê, que nunca superou os irmãos que partiam antes dela. É das únicas coisas que nunca reclamou, mas era transparente. Sentiu ser mais velha do que realmente era.

Há um borrão nisso tudo, nem sei mais o que é lembrança e sujeira. O faxineiro, no péssimo serviço que fez, tirou os móveis de lugar e não encontro nada. Abro caixa, fecho caixa, nada. Não sei que dia é e nem em que ano estamos. Cada ofensa é um eu te amo, língua portuguesa não entende dessa língua, dialeto de quem passou mais de setenta anos juntos. Nunca choveu tanto, nem sei mais que cor tem o sol.

## 45

Os pingos leves e incessantes carregam as gramas que encharcam nossos sapatos. O sopro do descampado vira frescor, umedecendo o rosto desse dia abafado. As estações se perderam, seria outono? Não é válido contar com isso, quatro palavras que caíram em desuso e perderam significado. Três, se pensar que verão passou a ser nada mais que o futuro de ver. Se bem que os neoexistencialistas discordariam desse ponto. De acordo com a análise sobre nossa vida em Almirante Castros, diriam que tudo o que nos resta é passado, tanto para os vivos quanto para os mortos. É arriscado olhar pra trás como na história da destruição de Sodoma. Na fuga, a família de Lot foi aconselhada a não se virar em hipótese alguma, mas sua esposa assim o fez e se tornou numa estátua de sal. O mesmo aconteceu com a nossa vizinhança, nos tornamos estátuas que andam, falam e que não conseguem olhar pra frente. Dito isso, percebi algo inusitado nas chuvas que nos desolam. Ela arruinou casas e comércios, mas há aí uma curiosidade que ninguém notou: não houve uma morte sequer por causa delas. Nenhuma diretamente. Nenhum afogamento. Toneladas de água que servem apenas pra salientar ainda mais os nossos piores problemas do cotidiano: ficar em casa numa sexta-feira à noite, transporte público abarrotado, sinal ruim dos canais por satélite e da internet, molhar as meias, queda de energia, cabelos desarrumados (todo mundo fica feio com os fios colados na testa), motoqueiros deixando carros pra trás no trânsito. O final dos tempos chegou, e não tem quase ninguém se importando.

Somos três olhando pra um buraco recém-tampado de lama com suas contemplações particulares sobre vida e morte. No volume multimídia do celular, tia Elsa ensina o uso cômico pra falar de tristeza. "O Ara Ketu, o Ara Ketu quando toca, deixa todo mundo pulando que nem pipoca." Único item descrito em seu caderninho de indicações sobre o velório. Nada sobre flores, nem discurso, nem caixão. Houve a dúvida se era apenas um rabisco enquanto pensava nas opções ou se era o que realmente desejava. Cumprimos, afinal. Dona Álvara, dona Inácia e eu. Tio Zé, abalado, ficou fraco demais para vir. Pobre tia Elsa, no fim das contas, não conseguimos encontrar o túmulo da família. Divide agora o jazigo com seu Martinho e Alice, preenche a terceira e última gaveta. Dona Álvara ofereceu o espaço livre, nem quis exumar os outros dois corpos. Afirmou que não seria necessário, não há mais quem sepultar. Minha cova é esta casa, disse se referindo ao seu lar, vou morrer aqui e ninguém vai saber, não terá quem me enterrar. Voltou ainda mais solitária de São Paulo, se for possível dizer.

Encontramos tia Elsa dois dias depois de seu desaparecimento. O corpo estava dentro da mata virgem poucos metros à frente da divisa de Almirante Castros. No fim das contas, ela conseguiu morrer fora do bairro. Após fugir pela janela e ser descoberta, menti para dona Álvara e dona Inácia sobre o telefonema para a polícia, que enviariam o resgate para procurá-la. Cumpri, além da canção nada fúnebre do enterro, outro capricho de tia Elsa: deixá-la partir. Pela primeira vez, ela me pediu algo ao invés de exigir. Minha hora já se foi há muitos anos, desde então estou aqui por você, me disse entre algumas tossidas. Estava na cama, guardando as energias para a debandada. Confessou não estar tão ruim, na verdade, teria saúde para muitos anos ainda, declarou certeza disso. Permiti-la fugir atrairia a atenção dos males que assombram Almirante Castros, iriam persegui-la até dar cabo da tia. Imaginei ser a confusão mental dos sedativos falando por ela, e até agora não tenho convicção de sim e de não. Mas ela precisava, queria ser livre. Dei a bênção. Como não dar? Virei as costas e ela se foi. Quarenta e oito horas depois, finalmente pedi ajuda para uma ONG que ajuda em casos de desaparecimento. O mutirão a encontrou muito mais rápido do que eu imaginava. Ainda fiz mais do que a tia pediu. Queimei registro de óbito, declaração de falecimento, recibos do caixão e do cemitério, todo documento que prova seu falecimento. Não vai ter plaquinha na cripta com dizeres sobre ela, a quem interesse, nesta cova estão apenas seu Martinho e Alice. Está longe da burocracia, está livre da morte, está onde quer estar.

# 46

Tudo muito calmo, estranho, estranho. Há dias a garoa é só uma garoa, não é tempestade e nem solzinho, rei do céu. Os vizinhos voltaram a se queixar da falta de contato mais íntimo, das conversas ao pé do ouvido. Limpam à toa o fundo da orelha. Dona Ada está varrendo a frente da casa faz um tempão e nem tem sujeira ali. Os mesmos rostos, os mesmos rostos, por toda parte. Vivemos das sobras, sobras de uma mesa sem respostas: por onde anda dona Elsa? Mercados dos bairros que cercam Almirante Castros reclamam do estoque cheio de cigarros e de biscoitos biju, tudo o que a velha não vive sem. Morreu? Mas cadê? As amigas se aprisionaram em casa. Álvara aposentou pela segunda vez, já não pega mais encomendas de tricôs. Alguém comentou que irá viver somente dos trocados da pensão do falecido marido, que enfim saiu. A sobrinha de Elsa não atende a porta, dia desses, deixei uma torta lá e nem pra falar da tia, nem pra devolver a forma. E Inácia desvia da gente, das conversas, mas as roupas que levamos pra lavar, ela não renega. Nunca levaram tantas peças sujas, logo fica rica à nossa custa e nem uma palavrinha.

* * *

Um tique nervoso ganhou terreno nos meus lábios, quando dou por mim, já foi. Nas ruas do centro, em bares, qualquer lugar que poderiam facilmente identificá-lo. Pergunto por Hélio e em seguida retorço a quina esquerda da boca, vai entender. Mas o problema é o hábito da procura. Nunca consegui desistir de um livro depois de iniciar a leitura, por pior que ele seja. Tenho que chegar até o fim, dar o benefício da dúvida, de que a virada final compensa o esforço. O pub está lotado e já perguntei quatro vezes pelo tal poeta que lê seus textos nos bares, tudo em vão. Nem souberam de quem se trata, seus quinze minutos se foram. Já não valeria muito a pena escrever algo sobre ele em nenhum lugar, alguém publicar outro livro seu ou investir qualquer esforço que o envolva. Entretanto, como da última vez, inconscientemente perguntarei por ele ao próximo numa esperança cega que não se cansa de estreitar a vista por um feixe de luz. Nada tem a ver com Álvara. Passou mal na manhã em que deveríamos nos despedir no hotel, adeus que se estendeu para o Hospital das Clínicas. A emergência não detectou de imediato a causa do mal-estar, então levaram-na para uma bateria de exames. Ao voltar para o quarto estava consciente e trocamos as últimas palavras, voltaria para sua cidade assim que recebesse alta. Despedida com cheiro de éter.

— Ei, você viu aquele mendigo que recita poemas por aí?

— Quem?

## 47

— Quais são as novas, dona Inácia?

Segura a bacia de roupas igual os vilões dos jogos de minigame do Mateus confinam tesouros preciosos; a recompensa que só é entregue depois de concluir uma fase. Como se pegar nessas cuecas sujas fossem recompensa. Todos os dias a mesma coisa. Técnicas iguais, resultados iguais, diria o asno do meu ex-marido, os dois. Talvez eu precise ouvir melhor esse conselho, inclusive no lado amoroso pra não repetir os imbecis que passam pela minha vida.

— A senhora não soube?

Se aproxima ansiosa, curiosa, quase entregando as roupas apenas pela pergunta.

— Soube do que, menina?

— Sobre a Elsa.

— Fala, fala, fala, fala.

— Sumiu.

— Como assim, mulher?

— Desapareceu.

— Conta mais, conta.

— Tava uma hora na cama, na outra, ó, se foi.

— Tipo mágica?

— Feitiço mesmo.

Faz o sinal da cruz duas vezes.

— Misericórdia.

— Ainda antes de sumir, a Elsa falou umas palavras estranhas — sussurro.

— O que, meu santinho? Disse o quê? — Se aproxima ainda mais. Põe a bacia no chão e abre a carteira.

— Não entendi muito bem, não faziam sentido no começo. Daí eu cheguei pertinho e percebi que estava falando com alguém, só que não tinha ninguém mais no quarto.

— Ai, pare, pare. — Os pelinhos do braço arrepiam. — Vai, continua, conta, conta.

— Se entendi bem, falava com Almirante Castros, não o bairro, o homem mesmo, aquele que morreu e vem aqui buscar quem morre.

— Veio buscar a Elsa porque ela estava morrendo? Vendeu a alma?

— Na mosca, Cristina — digo —, vendeu a alma e o corpo inteiro porque tudo sumiu, o assunto deles soava estranho, ela estava combinando uma coisa com ele.

— O quê? O quê?

— Ela concordava em ser capataz daquele homem, se escutei direitinho, ficou de ajudar nesse trabalho de buscar quem vai morrer. Por conhecer bem os moradores daqui e não gostar de ninguém, ela ia escolher e fazer a colheita.

— Colheita?

Voltam os sinais da cruz.

— É, ia virar uma espécie de dona Morte, será que vem com aquela foice na mão?

— Ai, Inácia, não dá pra acreditar nisso, não.

Está acreditando em tudo.

— Cris, pelo amor, não conte pra ninguém, por isso fiquei quieta. Parece loucura, mas vi tudinho. Vai que a Elsa tenha planejado em fazer a xepa nesse bairro por vingança.

— Acha que ela faria isso?

— A senhora não conhece a Elsa? É capaz de tudo.

Cristina desce a Ladeira do Penteado às pressas, deixou dinheiro a mais.

* * *

— Dá-se um jeito de juntar as peças.

— O que nos juntou é o que eu mais odeio em você hoje.

— Fazemos um bem bolado, um pot-pourri.

— Hoje se fala medley, mas sempre odiei isso, insistem em fazer apanhados com uma música que não gosto no meio. E outra, ninguém mais tem tempo de ouvir uma faixa única tão longa, saiu de moda. Só o axé ainda arrisca, comprime o Carnaval em pouco mais de dez minutos, sobra feriado pro ano inteiro.

— Ainda tá falando da gente ou de música?

— E isso importa?

As consequências da aguaceira se agravam mais no psicológico do que no físico. Ninguém se entende, ou persiste naquilo que sempre suspeitamos: não queremos entender. Os conhecimentos (ou a falta de) se aplicam às conversas, travando disputas que não levam a um vencedor porque todo participante se autodeclara também como juiz. De um lado um casal que fala exatamente o oposto do que se pergunta, duas mesas pra frente, um adolescente usando somente uma lateral dos fones de ouvido tenta se concentrar nos amigos e na música do iPod, mais neutro e distante, impossível.

Estamos assim, querendo compreender tudo e todos ao mesmo tempo e falhando em ambos. Não consigo mais ouvir o barulho de chuva, seu som me trouxe surdez, tanto do chuvisco quanto do temporal, não ouço nada. Difícil encontrar quem não sofra desse mal. É semelhante com vozes, latidos, buzinas, qualquer timbre se tornou um borrão aos ouvidos. Aquele oi não retribuído no elevador agora tem desculpa, tem fundamento. Ou não se ouve o cumprimento ou não se ouve sua volta. Ouvir não é mais relevante. Não se usa mais a água que corre no vidro da janela para se pensar, a geladeira ganhou todos os holofotes, monopolizou a atenção para si. Um dia desses na sala de espera do consultório alguém falou que conhece alguém que não conseguia dormir com o barulho da chuva e dizia sofrer perseguições por ainda ser capaz de ouvi-la.

Um maltrapilho para na minha frente e me entrega um pedaço de papel escrito à mão. Um poema, três versos: "Sabe da última?/ a chuva lavou/ a minha culpa".

— É um haikai — diz —, pode comprá-lo e me ajudar, se quiser, se puder.

— Não vai contar uma história triste da sua vida?

— Não vejo o porquê, senhor.

— Uma pena, gosto de histórias, mas vou comprar seu haikai, gostei dele, bem propício para o momento — respondo e sorrio.

— Não é meu, é do Paulo Leminski.

Dou uma nota de dois reais.

— Ah, não? Achei que fosse você o poeta, todos da rua são.

— O artista em seu lugar.

— Pois é — digo em concordância —, acho que aí tem história, hein, certeza que tem.

Agradece e vai para a próxima mesa. Ao lado, a mulher que discutia com o marido ou namorado se levanta e vai para além da calçada descoberta. Abre os braços, levanta a cabeça e chora debaixo da chuva. Aos poucos o vestidinho de pano laranja-pôr-do-sol-no--inverno vai colando no busto, no tórax, na cintura, no quadril. O acompanhante faz gestos para que volte, seis segundos sem sucesso e logo desiste, ignora. Ela desaba no silêncio, se entrega. Remexe os lábios incomodada, abre os olhos.

— Está chovendo água salgada — diz —, está chovendo água salgada. — Ergue a voz. Risinhos em alguns cantos. Desliza o indicador e o médio sobre a pele da bochecha e os tocam na língua, na dúvida se o sal é da água ou das lágrimas.

# 48

— E essa arvrinha?

— Cortei.

Vai arrastando os pedaços de galhos e folhas pra fora, depois volta aos fundos da casa e enche o carrinho de mão com outros restos de quintal. Zé não é o mesmo pimpão do boteco ali debaixo, o que ri de todas as asneiras, deu lugar a esse sério e encardido. O luto faz pensar e mudar, traz à consciência o que na sobriedade da perda é impossível perceber. Quase não lembro o que é isso, perdi o pai já nem sei quantos anos atrás. Tinha endiabrado, eu contra tudo. Achei que era castigo por ser um filho da puta, só fazia cagada. Rancoroso, me isolei. Mas as circunstâncias atazanavam, se não saía não comia. Só dei por mim num estalo, um sopro que não sei de onde veio. Estava no banho, ou algo assim. Era mesmo um castigo, e dependia de mim o que fazer disso. Seria válido se aprendesse a ser repreendido e mudar. Tinha a outra alternativa, continuar bravo e mandar pra puta que pariu. Castigo, se não pelo motivo de ensinar, apenas serve como maldade, uma forma de aliviar o próprio ódio. Então fisguei, a vida não queria me torturar, queria me catequizar a ser melhor. Paro ao lado do Zé, que deixa a pazinha e, com as mãos sujas de terra, cruza os braços pra me ouvir. Conto a minha história, o que ele poderia tirar de bom disso.

Ao terminar de contar, seu semblante se retrai. Com olhos miudinhos ele se agacha aparafusando os braços contra a barriga. Explode a gargalhada.

* * *

O quarto está todo arrumadinho, travesseiros lado a lado, lençol, jogo de cama completo cheirando a recém-lavado. Um copo de leite fresco até a boca sobre a mesa de cabeceira, tapetinhos coloridos milimetricamente postos pra encaixar na área de linhas do piso quadrado. Passo um tempo observando, interrogando tia Elsa, recordando. E se, e se, e se. Me contenho, na morte não há e se. Agarro os tecidos, espalho-os, abro as portas do guarda-roupa, descentralizo as cortinas. Sorrio e abandono o cômodo.

Faço as compras, o café da manhã, vou para as faxinas do dia, volto e preparo a janta, durmo. O tempo todo preenchido, sem choramingo durante o trabalho, automatismos. Passo o dia com a cabeça vazia. Na rua, eu demoro pra perceber que sigo com o rosto virado pro chão, seguindo alguém que não está na minha frente. Bato na porta de dona Álvara, é sexta, primeira visita depois de dias. A casa está aberta e ruborizo, o motivo da frequência aqui era outro. Hoje venho camuflada pela fofoca no sacolão, a pobre viúva de seu Martinho foi vista com cólicas no começo da semana, socorrida por um vizinho que ajudou a sentá-la. A primeira a ser levada pela Elsa é a própria amiga, alguém teria gritado.

Entro, a vida aqui segue indo como segue indo na casa da tia — do tio, na casa do tio. No fim das contas, a morte nada mais é que um espaço a mais dentro de casa, só isso. Sentadas, dona Álvara espera o café terminar de ser coado. Noto uma pasta de exames médicos sobre o galpão do pequeno armário da cozinha. Nota onde meus olhos estão. Não pergunto, não responde. A vista pinga para a geladeira, o tal marrom-cocô que tia Elsa vivia implicando. Está bem fechado, borrachas novas. A vida seguiu, nada mudou. Não vai mudar.

## 49

O tempo está se fechando em um abismo negro sem fim e nem entendo mais os estímulos de olhar para o céu. Acho que procuramos mais a desgraça do que a completude da felicidade, pelo menos o primeiro a gente tem certeza de que é real. Se nosso teto for mesmo de vidro como dizem por aí, alguma hora choverá cacos tão amolados que será o extermínio da humanidade, como as pragas do Egito, mas a primeira exportada pelos brasileiros já que a epidemia da água começou por aqui. Nisso tudo algum cretino haverá de conseguir um bom abrigo, não por medo ou amor à vida, e sim para se manter vivo e mais tarde tirar proveito, lucrar com a venda e os impostos do contágio. Isso se não extraviar a própria mercadoria pra ganhar um extra por fora. A borrada vai continuar por novas gerações até identificarmos que o ser humano é a praga e que precisamos de uma intervenção inseticida.

O festival de cadeiras nas calçadas ganhou hoje vários adeptos, cada um em frente à sua casa. Com a carga d'água dos últimos meses, a vizinhança teve que ficar de pé, era só armar o assento e a chuva despontava, te fazendo entrar. Agora há um arco-íris cruzando as avenidas pacatas, cadeiras de praia que nunca viram praia colorem a negritude das poças que espelham o céu. Os bate-papos ficaram pra mais tarde, restaram os acenos, mãozinha balançando sobre a cabeça pra confirmar que está enxergando os vizinhos de esquina a esquina, abrindo e fechando os lábios pra fingir que está falando algo. Olá, dona Fulana de Souza, que mistura vodca com café pra família não perceber o alcoolismo, olá, seu Beltrano Silva, viciado em jogos clandestinos, olá, senhor e senhora Sicrano Almeida, que têm índoles racistas.

— Alá, alguém vai receber visita — seu Alcides diz da calçada ao lado.

Desponta da avenida Bandeirantes, que vem em direção à Ladeira do Penteado. Vem sem pressa, carregando uma bolsa masculina preta-preta no ombro. Mais próximo, averiguo a camisa abarrotada e manchada, calças idem. Rosto cravado ao topo da ladeira, decisivo, sem se virar à procura do nome das ruas.

— O mundo tá mesmo acabando, me levem logo — seu Alcides sussurra gesticulando a bolsa.

Cruza a minha casa.

— Quer ajuda, moço? — Estico o corpo à frente.

— Sei pra onde vou, dona Elvira.

* * *

— Aquele que desceu do ônibus, quem era?

— Sei não, mas parece um fantasma do Martinho jovem.

— Eu, hein.

* * *

— É um morador de rua, vamos ajudá-lo na sua conversão?

— Está subindo a ladeira, irmã, se for lá se consultar com a Zilu, já não tem salvação.

— É, é.

* * *

— Lembro desse moço, foi meu aluno quando criança. Era péssimo em Educação Artística, principalmente nas aulas de aquarela. São todas iguais, dizia.

* * *

— Tá dobrando a esquina, lá em cima.

— Foi usar alguma droguinha.

* * *

Era dia, um de verdade, bem antes dessa coisa toda de mau tempo. Não lembro a idade. Era pequena, uma fase na qual relógio e morte não existiam. Na minha concepção, o mundo era perfumado, ora forte, ora suave porque tudo tinha aroma de produto de limpeza, não percebia que vinha das mãos de tia Elsa e que depois transitavam para as minhas (ao segurá-las pra me levar pra onde ia). Foi sua época de ouro das faxinas. Sentada sozinha na soleira, tio Zé fazia qualquer coisa no quintal. Não sei se já tinha trocado palavras com Hélio, mas aquele momento é a recordação mais antiga que tenho dele. Surgiu do nada, parado na minha frente. Tinha um livrinho na mão, eram seus primeiros anos de alfabetização. Perguntou se eu iria com ele até o píncaro do bairro e falei não saber o que significava. É onde dá pra ver o mundo inteiro, tudo bem eu vou. Não era muito acima da Ladeira do Penteado, boa parte ainda era mato naquele tempo. Era o mundo inteiro, realmente. Tive medo, mas tanto fazia, sentei numa pedra pra assistir àquilo tudo. O restinho do sol envolveu seu rosto e então vi uma marca avermelhada na pele que ia da bochecha até atrás da orelha onde começavam os cabelos. Deixei pra lá. Quero ver o que tem depois daquele risco escuro no céu, disse. Achei bonita a convicção na qual foi dita, no fundo queria ter certeza de alguma coisa assim também, só não consegui expressar isso. Pegou o livro e leu pra mim alguns trechos e fiquei abismada, queria ir logo pra escola e ler também. Memorizei a ilustração da capa e, anos depois, quando encontrei uma mesma edição, descobri que não era igual ao que foi lido. Depois que voltamos, eu vi tia Elsa berrando com alguns vizinhos. Ao seu lado estava tio Zé, parte do tórax à mostra pintada como a pele de Hélio. Lembro bem da expressão da tia quando me viu. Lábios petrificados, os túneis das narinas bem redondinhas, olhos um pouquinho deslocados pra fora e sobrancelhas envergadas, exatamente como dona Álvara simula agora. Não se parece em nada com alívio.

Vem lentamente em nossa direção. Travo uma disputa com as pernas paralisadas e acabo vencedora. Cruzo seu caminho, meio afastada para o lado. Vira o pescoço e sua atenção salta sobre mim. Suspende os movimentos até minha feição lhe ser admitida. Dá uma piscada em afirmativa e vai até dona Álvara. Retribuo com um sorriso fraco e atrasado.

— Posso entrar? — solta sem delongas.

— A casa é mais sua do que minha.

# 50

A sobrinha está inerte com sua boa vontade pendida à casa de Álvara. As gotas finas que caem sem pressa ganham peso gradativamente. Um fim de tarde como de exata sensação à música de mesmo nome de Claudia Telles: escurinho com ventos tranquilos; os pássaros suspensos pelos fios dos postes nem se incomodam.

— É verdade o que contaram?

— Estão lá, acabaram de entrar. — Sai do transe e se desloca.

— Não vai ficar?

— Eles têm muito o que conversar, a sós.

Desaparece na esquina que dá para a ladeira. Os pingos já têm o poder de molhar e começam pelos meus cabelos. A casa ali, pertinho, de portas fechadas. O que ele está fazendo aqui? Está atrasado para o enterro do pai. Álvara se torna uma preocupação, ele muito bem poderia se descontrolar, abrir feridas que demoramos pra ajudar a curar. Dois segundos e minhas mãos se apoiam nos caixilhos do lado de fora da janela da cozinha, sustentando a meia-face que observa e cuida da pobre vizinha. Cortinas abertas, ufa.

Tira dos ombros a alça da pasta de napa que carrega e, segurando-a com uma mão, põe com delicadeza numa cadeira sem ao menos olhá-la. Está ocupado, perambulando a visão em cada lasca solta das paredes, em cada objeto pendurado, pelos móveis velhos e analisando de longe a entrada para os outros cômodos. Álvara fica estática no meio da sala.

— Tenho a impressão que nunca saí daqui.

— Já eu sinto que nunca estive nessa casa.

Caminha pela cozinha, ao redor da mesa, sedento por ainda mais detalhes. Os dedos deslizam ao mesmo tempo de cadeira em cadeira até completar as quatro (a mesa é pequena).

— Posso? — Puxa um assento próximo a ele.

— A cadeira, idem, ela é mais sua que minha.

Há uma mistura de sentimentos esparramados pela sala-cozinha. A estranheza e desconforto de ambos têm pitadas de afrouxo, como se estivessem contentes em se encontrar, o que acho impossível. Não será meu veredito até que me provem o contrário.

— Tem exames médicos ali. — Refuta olhá-la.

— São meus. — Se reclina no sofá, pose ereta.

Ela mantém uma certa distância. Surge uma pausa entre os dois. A chuva aumentou, estou encharcada.

— Está tudo bem? — Cria coragem pra perguntar.

— Segundo o doutor eu vou viver para sempre.

— Resultado de morar em um lugar esquecido.

Não vejo o rosto todo de Álvara, o sofá de dois lugares fica de costas para a janela. Nunca acatou meus conselhos de inverter a disposição da sala. Deduzo que esteja tão tensa quanto ele. Admiro que mesmo assim mantém firmeza. O pescoço levemente pende pra esquerda enquanto ajeita a presilha dos cabelos, Hélio não a olha.

— Observei o café recém-coado na pia, posso?

— A água e o pó quem paga sou eu — diz e sorri.

Entende a ironia da anfitriã e sorri. Mal se encontraram e estão com piadinhas. Não devia ser assim, eles têm muito o que conversar, muito bate-boca pra resolver. Vão vender a casa? Sobrou a herança da conta bancária? Não ouvi sobre o interesse em falar da morte que os une aí. Nada. As roupas do falecido foram doadas? Cabe no garoto?

Se serve em uma xícara, não coloca açúcar e nem adoçante. Faz cara de quem aprova o sabor. Álvara continua disfarçadamente a arrumar a presilha, nenhuma das formas lhe agradam. Com o corpo ensopado, mesmo com o bafo quente que se ergueu do chão, sinto um leve arrepio.

— Não vi uma foto sua sequer na parede, nada.

— Deixei a organização do jeito que encontrei.

— Não tô surpreso, era típico dele — ele chacota.

— Isso é coisa minha, nada dele, a culpa é minha.

— Era hábil em fazer alguém se sentir culpado.

Dá um gole na xícara e, depois do sarcasmo, emburra o rosto, se retrai pra dentro de si. Ele tem mais de Martinho do que imagina, se é que imagina ter alguma coisa dele. Ou então seu maior rancor e desespero é ser esse aí, espelho do pai, cópia idêntica de seu algoz. Álvara começa a se incomodar consigo mesma e com a presilha dos cabelos.

— Foi rápido? — Gira o corpo, ocultando o rosto.

— Tenho uma sombra nas lembranças, não sei.

— Sonhei com ele uns dias atrás, tinha sofrido.

— Eu também, me falou que você é que sofria.

— Sonhos são triviais, não referem a nada, né?

— Não costumo sonhar tanto. — Solta os cabelos.

— Eu também não — balbucia outra frase, recua.

Vira um último gole de café, põe a xícara na mesa e descansa os braços sobre o colo. Álvara faz outra tentativa de prender os cabelos. Ambos quase de costas um para o outro. A distância física da conversa é um mero detalhe, estão desenxabidos porque os fluxos da consciência estão coladinhos, próximos como se não houvesse ou existisse uma lonjura um do outro, sabem disso. É um tipo de conectividade que nunca tive, nem mesmo com a pessoa mais íntima que passou pela minha vida, muito menos com algum de meus filhos. Eles não têm parentesco, só que há um elo familial, e nem é um tipo de gambiarra ou uma ligação direta pra forçar o funcionamento, é natural.

— Você nunca cogitou sair dessa porra de bairro?

— Dei uma chance, Almirante Castros me cortou.

— Talvez seja melhor assim, a decisão mais fácil.

— Algo me diz que cogitou a volta, mas recusou.

— Tem alguma opção que, no fim, tudo dá certo?

— Tem alguma que não dê? — Rearranja os cabelos.

— Em todas você fica sem marido e eu sem o pai.

— Pra morrer basta estar vivo, é o que dizem, né?

— Seus vizinhos discordam disso, mudaram nada.

— Pode tardar, e por aqui tarda bastante, mas vão.

— O fim do mundo está aí, a punição é ficar vivo.

— Acho que concordo, já se foi o limite da morte.

— Se os bons se foram, sobrou nós dois, os maus.

— Então, no fundo, você acha que seu pai foi bom.

— Ganhou terreno por acertar em cheio na filha.

— A propósito, eu tenho aqui algo pra te mostrar.

Levanta e vai para o quarto, fica alguns segundos e volta com algo nas mãos. É um encadernado preto-esbranquiçado-e-opaco. Entrega nas mãos dele. A vista fica embaçada pela água que escoa no vidro, mas enxergo a cara de surpresa, em repleto silêncio. Segura com firmeza, pescoço inclinado pra baixo.

— Jamais imaginei que isso um dia chegaria aqui.

— O modo não foi muito convencional, mas veio.

— E ele, o que disse quando leu? — Hélio pergunta.

— Nunca descobriu, chegou depois de ter partido.

— É melhor assim, é melhor, bem melhor mesmo.

Abre a bolsa que trouxe consigo e fuça até retirar um objeto de dentro: um isqueiro. Levanta o livro com uma mão e pede o consentimento de Álvara, indicando a junção dos dois itens. Balança a cabeça em concordância e retira uma tigela de vidro do armarinho debaixo da pia. Coloca sobre a mesa e afasta a garrafa térmica ao lado e enrola o saco de pães. Ele aponta o isqueiro abaixo do livro e a chama aparece, pouco a pouco vai inflamando as folhas e a capa. Quando o fogo demonstra ser capaz de terminar o trabalho sozinho, larga o livro flamejante dentro do vasilhame pra queimar até o fim.

— De um jeito detestável, gostei do que escreveu.

— Preferia que não tivesse lido, não era a intenção.

A labareda cresce.

— Você não veio para visitar o túmulo de seu pai.

— Feliz que isso não foi uma pergunta — ele caçoa.

— Então, afinal, qual é o seu intuito em aparecer?

— Acho que não consigo ter essa conversa sóbrio.

— Não tem nenhum tipo de bebida alcóolica aqui.

— Sem problemas, me preparo pra essas ocasiões.

Retira da bolsa uma garrafinha transparente, vodca ou cachaça, acredito eu. Usa a própria xícara do café pra pôr o álcool. Enche até escorrer pelos lados, fazendo um círculo úmido na toalha ao redor da porcelana. As sobrancelhas de Álvara fazem alguma distorção que não entendo. Levanta a garrafinha em oferecimento. Relutante, ela desliza pela mesa uma xícara sem uso até ficar mais próximo de Hélio. Ele enche e nenhuma palavra é dita.

Relâmpagos agitam o céu já tomado pelo negrume. Levantam as xícaras e brindam em silêncio apenas pelo motivo de brindar. Bebericam. Álvara faz careta, ele não.

— Agora conseguiremos dialogar sem nos restringirmos.

— Acho que você deveria ir embora.

— Fala isso da boca pra fora.

— Você traz à tona o pior de mim, sempre trouxe, continua trazendo.

— O seu pior é quem você é de verdade, esconde isso por vergonha.

— Diferente de você, que não tem vergonha de ser isso aí.

— Eu sou o mundo real. — Hélio crava cada palavra: — Você é uma fachada, uma criança escondida dentro de casa há mais de setenta anos pelo medo de descobrir o que tem lá fora. E nunca vai descobrir, nem mesmo arruma a casa do jeito que tem vontade.

Álvara desmancha os cabelos, a raiva que escapa pelos punhos não passa. Sai do seu lugar e vai pra parede central da sala, que divide os dois quartos, e pega com as duas mãos o retrato redondo que estão Martinho e Vânia, minha amiga, a primeira esposa, e joga com toda a força no chão. O vidro estraçalha, espalhando cacos por toda a casa.

— É isso — ele grita. — Viva, quebre esta casa inteira.

Álvara pula de parede em parede e destrói retrato por retrato, decorações tão antigas quanto a casa. Hélio se anima e a incentiva, coberto de uma motivação real. Com todas as fotografias derrotadas, ela se volta para a última imagem que a incomoda.

— Tem algo que eu quero destruir há muito tempo também — diz.

Gira o corpo ao aparelho de som da sala e pega o único vinil deitado sobre o chão. Olha pra ele com toda a raiva que a consome, mostra o álbum, capa toda preta-colorida, não enxergo o título.

— Eu odeio esse disco e odeio ele me fazer lembrar de você — grita e joga na direção de Hélio, que sai voando para o lado oposto. — Você não faz ideia do que eu passei por sua culpa. O homem que eu escolhi morreu bem antes de morrer, azedou por causa do filho desaparecido e terminou de apodrecer ao perder a filha, sobrou um corpo vazio de compaixão, cheio de revolta, um corpo jogado num bairro esquecido, mais um que não via a hora de morrer entre tantos outros. Nada me tira da cabeça que não morreu, que continua perturbado dentro dessa casa e me pedindo mil coisas.

— Devia ter ido embora, assim como eu fiz.

— E resolveu alguma coisa pra você? — ela ironiza. — Você está um lixo, pior de quando te vi pela última vez. Sabe o que sua irmã me disse uma vez? — Faz uma pausa. — Disse que tinha dias que desejava te encontrar morto, e logo, ela tinha certeza de que isso aconteceria e isso lhe provocava medo, que depois provocava ansiedade, então morria um pouco a cada dia sabendo que era impossível reverter o óbvio, morria pela vontade de ver o irmão no caixão.

Fica incomodado com o que foi dito e se senta, toma um longo fôlego, lábios rebatem um no outro, põe as mãos no rosto, chora. A gritaria cessa. O lado mais fraco está vencido, Álvara não carrega o semblante de triunfo, pelo contrário, porta o fardo de ter entregado a vitória ao adversário. Não sabe o que fazer com o oponente aos prantos.

— Minha vida não foi fácil — ele grita ainda sentado e a assusta. — Perdi tudo, o pouco que eu tinha perdi, eu não tenho ninguém. — Hélio deixa de olhá-la. — Seu fantasma me perseguiu e nunca consegui afastá-lo de mim, então não me venha jogar na cara que eu não sei o que você passou.

— Eu também não tenho ninguém, acho que nunca tive de verdade.

Álvara perde as energias, a voz abafou, o corpo amoleceu. Se encosta na parede central da sala e escorrega até se sentar no chão, não ligando para os cacos de vidro. Ficam os dois ali, se lamentando, cada um voltado para suas dores. Percebo que a chuva enfraqueceu durante a briga, com o calor, a água que escorre do meu corpo quase que evapora instantaneamente. Uso a palma da mão para limpar um pouco a janela molhada. Mas o céu continua a exibir a entrada para o além, as nuvens formam círculos contínuos e sabe-se lá pra onde esse caminho leva. É o fim do mundo, fim que fez regressar para casa todos os filhos pródigos que se perderam por aí, para que pais e filhos se martirizem antes de morrer. Alcançamos a extremidade da vida, e Hélio, em seu bel-prazer, toma mais um gole da xícara, segundo e último. Encara-a, desiste de enchê-la em mais uma rodada e agarra a garrafinha, levando-a inteira à boca.

— Eu ainda não acredito que vim até aqui.

Olha pra ela, que choraminga entre as vidraças. Ele olha pro chão, perto dos armários, e se inclina, cata da sujeira o disco que Álvara lançou. Dá uma boa olhada, o rosto ganha vida. Retira o vinil de dentro e vai até o aparelho de som e ergue a tampa de proteção. Posiciona o disco e liga o aparelho. Em instantes, começa um chocalho acompanhado de uma batidinha. Álvara o olha com lágrimas, tentando entender o porquê de Hélio estar mexendo no seu aparelho de som. Ele vai até seu lado, escora na parede e segue descendo até estar sentado. Se olham, ele com um sorrisinho ameno, ela, sem entender.

— *Jurei mentiras e sigo sozinho...* — O vocal inicia as primeiras palavras, ouvem calados.

— Tentei muito compreender seu papel na minha vida, não consegui.

— Depois da morte de seu pai, nenhum, foi o que me disseram.

— Ternura, entre tudo o que pensei, é o que permaneceu na minha cabeça.

— Isso não é um papel, é um sentimento.

— É mesmo. — Hélio olha pro teto. — Mas como não achei um rótulo, é o que me restou rotular.

— Você é uma extensão do seu pai... — Ela olha pra ele. — ... Do homem que amei, senti que era obrigação te amar também.

— Eu te liberto dessa obrigação.

— Queria poder dizer que não, que vou te amar incondicionalmente daqui pra frente, mas sinto um alívio em ouvir isso. — Os ombros de Álvara descansam. — Eu te livro também de ter que me ver como uma mãe, se é que isso ajuda.

— Não ajuda, nunca te vi assim — diz sem remorso —, mas agradeço por tentar.

— Acho que tenho que te agradecer também por não ter aparecido no velório de seu pai.

— De nada.

— É que eu acho que não conseguiria ter essa conversa com você, os últimos meses me prepararam pra isso.

— Tudo no tempo de Deus, não é isso o que dizem na sua igreja?

— Acho que isso está mais pra um ditado popular.

Hélio se vira para Álvara, olha por um tempo.

A música caminha junto com o som da chuva, leve, suave. Hélio se aproxima com o rosto e encosta seus lábios nos de Álvara. Tenha misericórdia, crendeuspai. É breve, por apenas dois segundos. Ficam mudos. A canção no mesmo ritmo, o rosto de Hélio se espreme e desaba a chorar, tanto que a chuvarada parece ter se transferido ali dentro. Com uma tranquilidade irritante, a que sempre teve, estica o braço esquerdo e o embala, trazendo-o consigo, para seu colo. Rosto pleno, carinhoso. A música desliga sozinha, acabou a energia. Ficam ali, parados no tempo, em silêncio.

Um raio solar me queima a testa, me faz olhar pra cima. Vem de dentro do túnel, do abismo. Algo me diz que o céu vai nos dar uma pausa. Uma reconciliação com o que nos açoita, como nos finais de novela. Espero pra me certificar. Não, o sol se vai. Ainda chove.

**GUSTAVO ARAÚJO**

nasceu em 1986, no interior de São Paulo. Publicitário, passou por grandes agências da capital paulista. Morou e estudou na Europa. Mantém um trabalho autoral de tirinhas e ilustrações nas redes sociais pelo nome artístico Tavim. Publicou diversos minilivros de forma independente (contos, quadrinhos e poesia). *Transpasse, ó céus* é seu primeiro romance.

este livro foi editado

no inverno

de 2022